CENIZAS DEL BOOM

Mauricio Molina

Publicado por Ibukku
www.ibukku.com
Diseño y maquetación: Índigo Estudio Gráfico
Copyright © 2020 Mauricio Molina
ISBN Paperback: 978-1-64086-595-2
ISBN eBook: 978-1-64086-596-9

Índice

«Moving on is a simple thing.
What it leaves behind is hard».

À tout le monde (Megadeth)

Nací en los años ochenta y crecí bajo un sistema educativo público en el que la importancia de leer no generaba mayor interés o engrandecimiento en comparación con el que tal vez podría generar el patear un balón.

Al llegar a la juventud, después de haber sobrevivido a la necesidad de leer por obligación, entre soledades y momentos de indecisión, llegó a mí orgánicamente y sin afanes el gusto por las letras y la lectura. Así conocí a quienes llegaron a ser mis amigos personales e invisibles, mis mayores maestros lejanos e inspiradores profetas: los grandes de la época del *boom* latinoamericano y sus predecesores, osados autores, poetas, escritores, músicos, cantantes, pintores y locos. Aquellos a quienes ya casi nadie recuerda debido al paso del tiempo, de lo nuevo y lo tecnológico, pero efímero.

Yo surjo de esos héroes, de esas hazañas. Tal vez habrá quien me entienda, quien se familiarice conmigo y mi época, en este vago pensar y sentir.

Hermano de aquella literatura, semilla de aquel arte que nos regalaron quienes no temieran el poder ser callados ni por la sociedad ni las ideas políticas, ni mucho menos las religiosas.

Pero ellos aún no han muerto por completo; reviven cada vez que nosotros los invocamos en sus escritos o en sus artes y seguirán existiendo mientras los sigamos invocando, pues ni lo nuevo ni lo mundano podrán borrar tan fácilmente las huellas de los pasos de gigantes.

ANDRÉS M. MOLINA
14/10/2019

SUEÑO DE REGRESIÓN

Entre las cosas que más me gustan y las que no, está el dormir y el soñar; entre las cosas que conozco y desconozco está el insomnio; y entre esta vida y otra vida estuve yo, atrapado y, al mismo tiempo, muy cómodo.

Sucedió en la tarde de un domingo, un domingo que parecía ser como todos los otros, pero que no lo era; un domingo con la forma de un dragón chino, como una cárcel sin ventanas. Estaba ya tendido al sol del mes de marzo, pero en el aire aún se respiraba a febrero. Entonces, di las vueltas de un perro y sin contratiempos me recosté en un sillón de la sala. Mientras ante mí agonizaba la tarde, yo agonizaba ante Morfeo. En su dulce encanto me sentí inmóvil, casi inerte. Un profundo sentido de concentración y meditación me empujaba más y más en el profundo abismo del sueño absoluto. Ya en ese insondable y extranjero lugar comencé un recorrido inesperado por los pasillos de mi vida, una regresión absoluta y despiadada que me desnudó de todo lo vivido y me mostró mis dolores y penas, mis múltiples fracasos, mis tantas alegrías, el amor, el desprecio… En definitiva, una vida llena de necesidades e infortunios, pero también de felicidad. Sudor, mucho sudor, del dulce y del amargo. Frases que cortaban como cuchillas, caricias que sanaban cicatrices. Y ellos, aquellos que me amaban, aquellos a quienes yo amo.

Al llegar a mi niñez, quise llorar, y lo hice. Lloré tan fuerte que me dolían los ojos, lloré tan fuerte que creí ahogarme en mi llanto. Porque podía, porque quería y ya no tenía prejuicios. Era un niño y, como todos los niños, lloré. Ya después de haber llorado un riachuelo, todo era tan real que no pude más que preguntarme si era acaso esta una segunda oportunidad. El sueño de muchos mortales, la oportunidad de empezar de nuevo, de cambiar todo y de corregir mis errores, de evadir mis tristezas. Entonces reí, reí y reí a carcajadas; reí tan fuerte que me faltó el aire; reí tan fuerte que me dolía el pecho.

Y empecé a pensar, a hacer una lista mental. Ya nadie me humillaría, ya nadie me dañaría. Sabría esquivar los golpes y tan solo verlos pasar; ganaría todas las apuestas; amaría tanto que tal vez moriría de placer; disfrutaría todo y tanto porque, si algo había aprendido de mi vida hasta aquel momento era que todo termina. Ni las cosas ni las personas, ni siquiera tú... Tú, a quien tanto extraño; tú, a quien tanto he amado.

Sí, sí, me dedicaré de nuevo a ti, como no lo hice antes.

Pero no era así, esta no era una segunda oportunidad. La regresión no se había acabado, solo se había detenido; mas retomó su paso y su rodar despiadado, su metamorfosis reversa. Cuando me di cuenta, ya era un bebé con la conciencia de un adulto y todavía seguía cambiando. De repente, me encontré en un lugar oscuro y encerrado, sumergido en aguas desconocidas sin dirección ni sentido. Pensé en morir, pensé en gritar, y mis pulmones se inundaron. Pensé en el fin.

Sin fuerzas, sin sentido y sin aire, me dejé llevar, llevar por un sentimiento que me rodeaba y que mi miedo me había impedido sentir. Y aquel lugar ya no era tan oscuro y aquel lugar ya no era tan solo, pero como estar solo allí sería imposible si estabas tú conmigo y yo en ti. Aquella era mi morada primera, mi campo verde, mi cielo azul. Tu vientre de madre era lo más cálido y lo más extenso. No sentía ya frío, no sentía ya hambre, no sentía ya miedo, y pensé en ti; tú que me diste todo y un poco más, tú que me amabas aun sin conocerme, tú que me llevaste por nueve meses atado a ti. Y quise quedarme allí contigo por siempre. Pero mi regresión no terminaba, y cuando quise moverme, para entonces ya era un feto y sentí terror, terror de perderte; mas recordé tu amor. Tu amor infinito, tu sacrificio, tu entrega, lo que me hizo pensar en aquellos a quienes yo también amaba y en lo mucho que tú y ellos me necesitaban. Tal vez el mundo sea adverso, tal vez la vida no sea como deseo; pero en ese instante comprendí que mi regresión no me mostraba mi sufrimiento; me mostraba el tuyo, tu dolor, tus lágrimas.

Entonces deseé vivir de nuevo. Justo cuando ya era del tamaño de un grano de arroz a punto de dividirse en dos, grité tu nombre, intenté detener esta regresión, y el hilo de seda que unía tu vientre con el mío se hizo más fuerte y un estallido de luz me devolvió a mi estado actual. Comprendí entonces que en verdad aquel hilo nunca ha dejado de existir, que aún nos une aunque de una forma invisible. Y es por esta unión invisible de mi sueño que decidí volver a vivir; volver a ser parte de este gran dolor; a acompañarte en tu dolor, en tu vida. Porque vivir duele.

Dedicado a
María R. Vargas

SUERTE DE GALLO

No existen muchas maneras de entretener el tiempo un viernes por la tarde en el pueblo de Río Ajeno; la verdad es que no existen muchas formas de entretener el tiempo ningún día en Río Ajeno. Aunque el trabajo en las cementeras había traído consigo nuevas opciones de vida para los pobladores del pueblo, Río Ajeno seguía siendo un pueblo pequeño y callado.

Sin embargo, no todos se mostraban muy de acuerdo con la creación de las plantas cementeras tan cerca del pueblo y a las orillas del río, pues por generaciones el río había sido el principal sustento y ahora empezaba a mostrar visibles signos de contaminación y su caudal había disminuido con rapidez en casi un treinta por ciento. Ahora Río Ajeno era ajeno a ser el río que una vez fue. Como muchos otros habitantes del pueblo, Octavio, Luis y Fermín trabajaban en las cementeras. Eran amigos desde su infancia y nunca habían conocido otro lugar en su vida más que el pueblo de Río Ajeno y sus lugares aledaños. Era viernes y, como casi todos los viernes, los tres amigos se encontraron en la plaza del pueblo como a eso de las seis para ir a la gallera. No existía lugar similar en Río Ajeno. Allí todos los hombres se reunían para beber y apostar sus ingresos a costa del sudor, sangre y plumas de los infelices gallos, que se dejaban todo en la arena, incluso su propia existencia, agobiada y efímera, para satisfacer la inhumana ambición de sus dueños.

Fermín siempre había contado con la fama de ser malafortunado; sin embargo, aquel viernes él estaba predispuesto a que todo aquello iba a cambiar, o por lo menos así lo afirmaban sus dos grandes amigos, quienes lo habían convencido para visitar al Amuletero, personaje misterioso que había aparecido en Río Ajeno tal vez proveniente de algún pueblo aledaño, y de quien aseguraban los rumores que poseía el poder de curar males del cuerpo y del alma. Pero lo más importante para todos en Río Ajeno, más aún que sus místicos poderes, era que él decía poseer las zarpas y picos del águila rey, objetos que, según las malas lenguas, era el mejor amuleto en todo el ancho mundo para la suerte en las apuestas de los gallos.

Los tres amigos habían ahorrado gran parte de sus ingresos durante todo la semana laboral, pues un amuleto como este no era nada económico, ya que según afirmaba el Amuletero, quien sobre todo parecía ser un gran economista, la inflación comercial, la situación económica del país, la caída de la bolsa de valores y, por último, la escasez de águilas rey hacían del amuleto algo muy apreciado. Fermín decía no estar muy seguro acerca del amuleto y de sus poderes místicos. Murmuraba que tal vez solo se trataba de unas zarpas y picos de gallina casera, ya que en verdad nadie en el pueblo había visto a un águila rey de cerca. Pero de lo que sí estaba seguro Fermín era de que toda su vida había padecido de aquella enfermedad crónica que tantos otros también padecían: la mala suerte. Este factor, sumado a la insistencia de sus dos amigos, fueron suficientes argumentos para convencerlo de comprar el amuleto. La suerte de los tres amigos parecía estar a favor desde ese mismo instante, pues habían conseguido comprar, según había explicado el Amuletero, los últimos tres amuletos que quedaban a la venta.

—Con este poderoso amuleto la suerte en las apuestas de gallo está garantizada —les dijo el Amuletero—. Recuerden pues estas palabras, pues son ellas la base de todos los poderes místicos que encierra el gran amuleto del águila rey. Nunca, nunca, por ninguna razón, ni aunque sus vidas dependieran de ello, deben abrir el amuleto. Lo que hay en su interior debe permanecer cerrado siempre. No permitan que ninguna otra persona toque el amuleto: así es como poco a poco empieza a perder sus poderes. Si fuera posible, ni siquiera lo enseñen. Y, por último y muy importante, mis queridos penitentes, bajo ninguna circunstancia se aceptan devoluciones.

Esto les decía el Amuletero a los tres amigos mientras les hacía entrega de unas pequeñas bolsas verdes de terciopelo.

Esa misma noche, ya en las galleras y con los amuletos en sus bolsillos, los tres amigos se dispusieron a escoger los gallos peleadores según las opiniones personales y profesionales de cada individuo, apostando así el fruto de varios días de trabajo.

Dos horas, treinta minutos, doce cervezas y cinco gallos muertos más tarde, la noche de las apuestas había llegado a su fin. Inexplicablemente, para Octavio y Luis había sido todo un éxito, pues en una noche de apuestas y desafíos habían logrado duplicar, y en el caso de Octavio, casi triplicar sus inversiones.

Para Fermín la historia era completamente distinta: apenas había logrado salvar cuatro pesos. Su incertidumbre y amargura no podían ser mayor ni tampoco podía disimularlas. Apretaba el bolsillo derecho de su pantalón como queriendo hacer polvo aquel amuleto que allí reposaba.

—Malditas zarpas y picos de gallina inservibles que tan solo estorban —murmuraba Fermín mientras caminaba hacia afuera de la gallera. Octavio y Luis aún se encontraban dentro del edificio finalizando sus negocios y Fermín se recostó debajo de un limonero para fumarse un cigarrillo. Mientras esperaba, observó a un viejo amigo salir de la misma edificación, a quien no recordaba haber visto cuando se encontraba dentro rodeado por la muchedumbre. Se trataba de Javier el lotero, quien, cabizbajo y con las manos en los bolsillos, pateó una pequeña piedra mientras murmuraba en voz baja palabras inconclusas.

—¿Qué más, compadre Javier? ¿Por qué tan asolapado? Se me hace que usted tampoco tuvo una buena noche con los gallos.

—No me haga reír, compadre Fermín. Ni volviendo a nacer se me quita esta maldita mala suerte.

—A mí tampoco me fue bien, y eso que contaba con la ayuda de un dichoso amuleto; aun así, apenas si logré salvar cuatro sucios pesos —dijo Fermín con una mueca burlona en su rostro.

—Por lo menos usted salvó algo; en cambio, yo iba de camino para la casa chancera a hacer la entrega del dinero de las ventas del chance y la lotería, y me dio por entrar aquí a echar un vistazo, y ahora mire. No sé para qué tuve que adentrarme en este maldito lugar. Perdí mis ganancias de todo el día, estoy corto de la entrega y aún me quedan dos billetes de lotería por vender. Lo peor es que tan solo faltan quince minutos para el cierre —decía Javier mientras paseaba los dos billetes de lotería en la mano.

—Oiga, Fermín, ¿usted por qué no me compra estos dos billetes de lotería? Mire que son los últimos que me quedan. ¡A lo mejor y son los de la suerte!

—¡Ja, ja, ja! Me viene usted a hablar a mí de suerte.

—Piénselo, Fermín. Mire que usted a mí nunca me ha comprado nada.

—Por la misma razón por que no tengo buena suerte…

Por unos momentos, la mente de Fermín se llenó de dudas mientras miraba el rostro frustrado de su amigo y los dos billetes de lotería, que danzaban entre el viento y los dedos de Javier. En su bolsillo derecho, un amuleto inservible y en el otro, cuatro pesos ligeramente salpicados de cerveza y sangre de gallos. Fermín se dijo a sí mismo lleno de indecisión: «Cuatro pesos más, cuatro pesos menos, ¿qué más da?».

—Deme pues esos desgraciados billetes, Javier. Pero eso sí: ¡para que no ande por ahí diciendo que yo nunca le he comprado nada a usted!

Y así Fermín cerró lo que para él era en ese momento la transacción más inusual e inútil que había hecho en toda su vida, pues que una persona con tan mala suerte como él comprase un billete de lotería era algo tan infecundo como que un ciego comprase un par de binoculares.

Esa noche Fermín se fue a dormir como a eso de las diez de la noche. Apenas si se cepilló los dientes y se fue a la cama sin esperar a la transmisión radial de las once, la cual anunciaba los números ganadores de la lotería.

A la mañana siguiente, sábado, Fermín se levantó temprano. No tenía trabajo, pero sí muchos mandados por hacer. Se despidió de su madre y emprendió el camino hacia las afueras del pueblo. Minutos más tarde, la puerta de la casa de Fermín resonaba con golpes desesperados. La madre de Fermín, con sus pasos y movimientos lentos, abrió la puerta tan pronto como pudo para encontrarse en la entrada de su casa a Javier el lotero con una cara pálida y falto de aire.

—¿Dónde está? —preguntó Javier.

—¿Dónde está quién, joven?

—¡Pues Fermín, señora! ¿Dónde está Fermín?

—Fermín salió temprano para hacer unos mandados. ¿Por qué pregunta? ¿Qué se le ofrece? ¿Y por qué tanta algarabía, joven?

—Doña Perpetua, su hijo es el hombre más rico y afortunado de todo este pueblo. Qué va, de este pueblo no: de todo el país, y aún no lo sabe. Es que ustedes no escucharon la radio. Y eso que yo apenas me acabo de enterar, porque, por cosas del destino, anoche me acosté sin escuchar la rifa, como es costumbre mía de todas las noches.

—Pues aquí sí oímos la radio, pero como en esta casa nadie juega a la lotería, pues no le ponemos atención a esas cosas, joven.

—Pues créame cuando le digo, doña Perpetua, que Fermín anoche compró el billete de la lotería. ¡Si yo mismo se lo vendí! Y ese mismo billete es el ganador.

El chisme se regó por el pueblo más rápido que volador sin mecha. En escasos minutos todo el pueblo lo sabía: las mujeres del pueblo lo sabían, el carnicero lo sabía, el alguacil lo sabía, el panadero y el cura lo sabían, Octavio y Luis lo sabían. En resumen, Fermín era el único ignorante del acontecimiento más grande del pueblo y el cual él era centro. Y así caminaba solo y pensativo por las afueras del pueblo, subiendo desde el río por entre caminos, cargando a su espalda un costal con unas cuantas yucas y plátanos, y con el rostro bañado en sudor.

Mientras Fermín seguía caminando, el pueblo entero era una sola y vibrante conmoción; y hasta en los pueblos vecinos se empezaba a regar el chisme. En el camino Fermín pasó cerca de dos hombres que caminaban arriando una mula cargada y en sentido contrario a él, hombres a quienes Fermín jamás había visto antes y de quienes presumió tal vez que eran oriundos de uno de los pueblos aledaños. En efecto, se trataba de dos campesinos del pueblo vecino, la Pálida, y quienes venían de hacer unas compras en Río Ajeno. Al pasar junto a aquellos hombres, Fermín pudo escuchar cómo uno de ellos le comentaba al otro:

—¡Rico! Ese hombre lo que es es millonario, Jesús María.

En la conforme y sencilla mente de Fermín, nunca se cruzó el pensamiento de que aquellos dos desconocidos individuos hablaran de él, ni los hombres aquellos que el personaje de quien hablaban era nada más y nada menos que aquel hombre callado que pasaba junto a ellos. Y así todos entre sí ignoraban lo que sucedía en ese mismo instante. Fermín desconocía por completo que a escasos kilómetros de distancia su vida cambiaría para siempre, que se encontraba a minutos de cambiar sus sueños e ilusiones frustradas por alegrías y realidades futuras. Entonces, se detuvo a la mitad del camino, como quien no tiene razón alguna de llegar pronto a su destino. Exhausto y sediento, deseaba tan solo lo mínimo en ese momento, sin saber que podría ser dueño de los más refinados licores y las más dulces bebidas. Él tan solo quería un poco de agua, agua aunque fuese del mismo río. Mientras el sudor recorría su rostro, miraba hacia el pueblo y maldecía su suerte, por no tener una bicicleta o un burro para dejar de caminar y descansar los pies. Él, quien podía ser dueño de finos caballos y autos de lujo, tan solo deseaba un par de zapatos decentes y sin tantos agujeros como los suyos, aunque fuesen sucios y usados.

Pero por mucho que tarde la buena fortuna, en algún momento llega. Cuando Fermín llegó a su humilde casa, la cual, asediada por vecinos, vibraba en ruidos y murmullos, fue recibido como todo un héroe, como un rey, como una persona rica, pues a los ricos no solo les sobra el dinero, sino también los amigos mientras les sobre el dinero.

Fermín era un nuevo rico, y esto trajo muchos cambios en el pueblo. Sin embargo, algo nunca cambiaría en Río Ajeno, y eso eran las apuestas de gallos los viernes por la tarde. Semanas después, precisamente un viernes por la tarde a eso de las seis, dos jóvenes amigos se encaminaban por la plaza rumbo a las galleras, con la ansiedad de tirar a la arena el esfuerzo de sus días de trabajo con una esperanza casi infinita de que esos esfuerzos fermentarían con sangre y sudor, plumas y cervezas, picotazos, gritos y, finalmente, con la muerte súbita, para así florecer y convertirse en ese objeto casi mágico que es el dinero para saciar su sed ambiciosa y sinvergüenza.

Pero antes de ir a la gallera, era indispensable para estos dos personajes visitar a ese personaje místico y único que es el Amuletero, pues dicen las malas lenguas de Río Ajeno y sus alrededores que este personaje posee el amuleto de águila rey, el mejor amuleto en todo lo ancho de este mundo para las apuestas de gallo. Al llegar al lugar en donde pernoctaba el Amuletero, sin espera alguna, los dos jóvenes expusieron sus deseos y amplias intenciones de poseer aquel amuleto: el único, maravilloso e insuperable amuleto del águila rey, capaz de otorgar la suerte en las apuestas de gallo a quien lo tuviese en su poder.

—Lo siento mucho, mis estimados y austeros señores, pero los amuletos que tanto buscáis se han agotado; ya nadie los pide ni pregunta por ellos. Van ya varias semanas sin que alguien tan siquiera los mencione. Pero si en algo gustan, les puedo ofrecer algo mejor y que es más buscado hoy en día.

El Amuletero introdujo la mano en una bolsa negra y de ella sacó dos bolsitas pequeñas y de terciopelo verde. Si Fermín hubiese estado allí en aquel preciso momento, hubiera sabido que se trataba sin pensarlo dos veces.

El Amuletero dijo así:

—No busquéis fortuna en algo que ya nadie pretende, pues los tiempos cambian. No poseo ya amuletos para la suerte en los gallos, pero sí algo mejor. Esto, mis estimados amigos, son los amuletos del águila real. Dentro de esta bolsita se encuentran las zarpas y el pico del águila real, los cuales nunca pueden ser tocados. Y estos amuletos, amigos míos, son los mejores para la suerte en la lotería. Y ustedes están de suerte hoy, porque son los últimos dos que me quedan.

LA VACA PERFECTA

Permítame contarle una historia, si mal no recuerdo,
de algo que sucedió en un pueblo lejano y olvidado,
cuyo nombre no recuerdo,
en donde residía un hombre humilde y arraigado cuyo nombre olvidé,
quien vivía con su sencilla esposa, cuyo nombre no mencionaré.

El matrimonio moraba a escasos minutos del pueblo,
a escasos pasos del riachuelo,
a escasas leguas del bosque.
Y si en algo eran escasos era en fortuna.
Casi siempre comían frijoles,
casi nunca comían por comer.

Sus posesiones y valores eran dos gallinas flacas y sin plumas,
de tanto huir de las zorras y las chuchas.
También una vaca lánguida que el hombre heredó de su abuelo,
quien a la vez heredó de su abuelo.

Paso a describir la vaca,
y paso a hacerlo como pasaba el sol todas las tardes.
Mas la pobre vaca
era tan flaca
que ni sombra daba.
Paso a hablar de la hierba,
pues la triste vaca no la rumía;
La torturaba,
tenue vaca;

ni las pulgas ni los lobos la amenazaban.
Y si algún día llovía,
ni la lluvia la mojaba.

Sucedió entonces que un segundo día de febrero
nacieron flores en un florero
y la mujer humilde al marido pobre habló con esmero:
—Hoy cumplo años, mi pobre marido;
años de estar viva, años de ser pobre.
—No creas que lo olvidé, sencilla mujer,
pero siendo pobre, ¿qué os puedo ofrecer?

—Mis alpargatas están cansadas
y mis vestidos, harapientos.
Y la panza tan llena de frijoles
que en momentos me arrepiento.
El hombre miró en sus bolsillos y debajo del colchón,
y al solo encontrar polvo, su cabeza restregó.

El marido no tuvo sosiego
al mirar a su esposa sin consuelo.
—Cómo he de complacer a la mujer que más quiero
siendo tan rico en necesidades y tan pobre en dinero.

Y pensó y pensó de nuevo,
mientras bailaba el tiempo,
mientras bailaba el viento,
mientras bailaba la escoba con el polvo
y las mujeres en el pueblo.
Pues en las calles eran las ferias de San Telmo.

Y el hombre empujó una silla que cayó al sendero
y de las manos de la esposa una taza cayó al suelo

y el pobre hombre cayó en la cuenta
y la humilde mujer cayó en sí
y la casa entera calló
y la casa entera fue silencio.

—Sé lo que debo de hacer —dijo el hombre muy seguro—.
Esta tarde tendrás un obsequio,
eso yo te lo aseguro.
Y en la panza de la mujer los frijoles saltaban.
Unas nuevas alpargatas la esperaban,
o tal vez cambiaría sus harapos por un traje nuevo,
pero ¿cómo había de suceder si no poseían dinero?

—He decidido el vender la vaca que me heredó mi abuelo,
aunque tal vez no sea lo correcto,
pues mi abuelo la heredó de su abuelo —dijo el hombre con
sosiego,
a lo que su mujer respondió con esmero:
—Esa vaca solo da lástima, ya es hora de que dé dinero.

El hombre salió con su vaca hacia el pueblo,
aprovechando que eran las ferias de San Telmo,
Y a todo aquel que veía,
su vaca le ofrecía.
Y cuando aquellos la distinguían,
de esta forma le decían:
—Por un animal tan flaco, ¿cuántos chelines quieres?
Mas nárrame además cuáles son sus quehaceres.

Esta pobre vaca, triste y solitaria,
nunca antes ha parido, lo que es cosa extraña.
No es vaca fuerte, así que arar no puede.
No produce mucha leche y, aunque pase el tiempo, no se muere.

Fue del abuelo de mi abuelo
y, aunque no quiero, hoy la vendo con recelo.

Pasaron muchos hombres que, al oírlo, se reían.
Una vaca así de mala ni un loco compraría.
Mas un alegre individuo a pocos pasos observaba,
quien la risa y la pena en su rostro no ocultaba.
Se acercó al pobre hombre y, mirándolo a la cara,
con delirio y acople de esta forma le hablaba:

—Con tan pocas ganas y con tanta sinceridad,
esa triste vaca tú nunca venderás.
Dejad que me encargue yo de la venta
y partiremos todo al cincuenta.
Tres veces más de lo que pedía el pobre hombre
el alegre individuo le ofrecía,
mas aún aquel no se decidía.

—Acepto tu propuesta y espero que sea cierta.
A lo que el alegre individuo respondió:
—Querido amigo mío, vender es una ciencia.
Dame un par de horas y un poco de paciencia,
mas te ruego que no interfieras,
y ante todo recuerda
que en boca cerrada no entran moscas,
y así solo yo he de hablar,
aunque seas tú quien de esta vaca
sus mañas y males todos conozcas.

El alegre individuo empezó a ofrecer la vaca
valiéndose de sus trucos y artimañas.
A todo aquel que pasaba la vaca le ofrecía,
y todos se asombraban, pues el hombre así les decía:

—Tenéis ante vos a un animal casi sagrado.
Qué buena suerte la vuestra, pues hoy con él os habéis topado.
Proviene de una casta noble, fuerte y pura;
de este y oriente, de llanura y altura.

—¿Produce leche alguna? —amontonados los hombres
preguntaban.
—En cantidad vasta y dulce como la miel, si es que acaso lo
dudabas.
—Luce muy flaca y débil para el trabajo pesado —otros
murmuraban.
—Su figura atlética engaña al ojo común rápidamente —él
susurraba.
De esta y otras maneras al pobre animal ofrecía,
y a quien tuviese una pregunta él con rapidez respondía:
—Es de casta noble y pura —de nuevo el hombre insistía.
—Come poco y nunca se ha enfermado —a otros presumía.
Y hasta juró que la fuerza de tres vacas aquel flaco animal escondía.

Más y más hombres se acercaban a escuchar.
Querían por sí mismos conocer a tal animal.
Y aunque con sus ojos no creían,
a las palabras dulces sus oídos sucumbían.

Preguntas toscas nacían de una muchedumbre apasionada,
pero para aquel alegre hombre aquello no era nada.
En aquel momento no existía
en el mundo entero y redondo
animal mejor que aquella flaca vaca
que ante todos allí se exhibía.
Y caían las ofertas como las gotas en noviembre
y el alegre hombre sonreía
y el pobre hombre se asombraba

al ver una multitud que aclamaba
a un animal que ni él sabía que existía.

Pero la mayor sorpresa fue saber
que el más asombrado de todos era el dueño,
quien con la boca abierta se quedaba
al ver a su animal como en un sueño.

—Detén la venta, alegre caballero —
gritó el pobre hombre con sosiego.
—Que a mi buena vaca ahora mismo me la llevo,
pues por un animal así no alcanza ningún dinero.
El alegre hombre asombrado escuchaba,
mas aquellas palabras no comprendía,
pues el negocio en marcha ya estaba
y, aun así, el pobre hombre se arrepentía.

—¿A qué te refieres, sencillo amigo?
¿Qué inquietud se cruza en tu camino?

A lo que el pobre hombre contestó:

—Por tres generaciones de mi familia ha pasado esta vaca,
mas nunca supimos que tantas virtudes poseía.
Siempre estuvo sola y amarrada a una estaca,
sin tan siquiera importarnos si se moría.
Pero tú, amigo mío, hoy me has demostrado
tantas cosas que yo mismo me he asombrado.

Ahora mismo me la llevo a mi rancho,
pues el camino es largo y no ancho,
a disfrutar de su dulce leche como la miel,
pues, de tan solo pensarlo, se me eriza la piel.

Y sin que nadie lo pudiera detener,
el terco hombre cogió su vaca y se fue a pie.
Más feliz en su vida nunca había estado
al saberse el dueño de un animal casi sagrado,
aunque su engaño fuese prestado.

UN LUGAR SIN GUERRA

En los días previos al estallido de la guerra, la vida se podía llevar de una forma casi normal en algunos lugares del país; al menos en las ciudades del noroeste la gente disfrazaba el temor y la incertidumbre con sus quehaceres y pequeños problemas cotidianos.

La familia del célebre doctor Gustafson no era indiferente a la situación que en ese momento se vivía. En su casa las cosas disimulaban para proseguir sin mayores contratiempos, con la excepción de George, el hijo mayor de la familia, quien había tenido que suspender su ingreso en la Facultad de Medicina, pues, debido a la gran tensión que se vivía, muchas instituciones educativas se habían visto en la obligación de suspender sus labores debido a los bombardeos que se efectuaban en otras partes del país. La esposa del doctor se ocupaba de la casa, labor cada vez más complicada debido al racionamiento de víveres que se vivía en todo el país. Elisa era el nombre de aquella admirable señora y dama de sociedad, y Elisa también era el nombre de su hija de catorce años, quien ayudaba en los quehaceres de la casa y en el cuidado del menor de los miembros de la familia, Frederick, de tan solo siete años de edad. Este último personaje era sin lugar a dudas el único que no se inmutaba en lo más mínimo por la situación por la que estaba pasando la familia y la nación entera.

Aquel fue un otoño de tensiones fronterizas, de masacres inexplicables y desapariciones sin sentido. La muerte y la hambruna se sentían ya en varios lugares cercanos, pero para Frederick no parecía así. Entre sus juegos y travesuras pasaban los días de su niñez. Él era casi totalmente feliz; solo le hacía falta algo para completar su felicidad, y ese algo era lo que más ansiaba en el mundo: una casa en un árbol.

Frederick había soñado con esto desde hacía ya algunos meses, y aunque ya lo había pedido con anterioridad, nunca lo había recibido. Era entendible desde el punto de vista de sus padres, quienes siempre habían respondido a aquel pedido con tres razones intangibles.

La primera, que su padre era un hombre muy ocupado y no tenía tiempo de sobra como para ponerse a construir una casa en un árbol, lo cual para Frederick era una razón injusta.

La segunda, que en el patio de la casa no había árboles; sí unos cuantos arbustos, pero nada de gran tamaño, algo que Frederick pensaba en solucionar plantando una semilla con poderes mágicos, como las de los cuentos de los libros, y regarla con exceso para que de allí creciera un gran árbol en el lapso de uno o dos días. O lo que sería mejor aún: construir su propio árbol. Él no estaba muy seguro de cómo se podía construir un árbol, pero pensaba que no debería de ser algo muy difícil; además, podrían usar madera de la silla mecedora de la tía Rita, la cual estaba abandonada en el desván desde hacía mucho tiempo; o en el peor de los casos, comprar la madera para construir el árbol.

La tercera y última, y tal vez la de menor importancia para Frederick, era la guerra. Su padre no creía que en momentos de tanto estrés como estos él debiera estar pensando en construir una casa en un árbol, cuando existían tantas otras cosas por las cuales debía preocuparse, como mantener a su familia en estos momentos de crisis.

Pero Frederick no lo veía así. Era de vital importancia tener una casa en un árbol que sería su guarida secreta, en donde podría tener todos sus juguetes y libros de colores. Además, si la guerra empeoraba, pensaba que toda la familia podría usar la casa como resguardo para estar a salvo de aquellos soldados malvados a quienes todos tanto temían.

Pasaban los días y la guerra avanzaba a pasos gigantescos. La comida y la medicina se convirtieron en lujos que empezaban a escasear por toda la ciudad y el trabajo decayó, pero lo que era peor aún era que Frederick seguía sin su casa en el árbol, y más aún, sin tan siquiera su árbol para poder construir en él una casa. En la tarde de un miércoles, el doctor llegó a su casa más temprano de lo normal y con un afán que no podía ocultar. Preguntó por George, su hijo mayor, y se sentó con él y con su esposa en la mesa del comedor, y allí los informó de los acontecimientos más recientes que se vivían en la ciudad; primero, que el doctor Gustafson ya no podía volver a trabajar por el momento, pues todos los consultorios privados habían sido cerrados y las calles se estaban tornando muy peligrosas; segundo, que había rumores por toda la ciudad de que, debido a la cantidad de bajas que venían sufriendo las fuerzas armadas, el ejército nacional recorría todas las calles de casa en casa reclutando a jóvenes para servir en el frente como soldados y defender la frontera. Esta segunda noticia alarmaba tanto al doctor Gustafson como a su esposa, quienes pensaron que lo mejor sería que George permaneciera oculto en casa y buscar un lugar en el cual esconderse en caso de que el ejército llegase a la casa. También necesitarían edificar una mentira que contar al ejército. Sin importar cuál fuera el costo, deberían evitar que George fuese reclutado en las filas militares, pues los rumores que venían desde las zonas de conflicto no eran muy alentadores.

—Eres un muchacho brillante y con porvenir. Si has de servir al país, lo harás salvando vidas como un médico y no con un rifle en las manos —dijo el doctor Gustafson para tranquilizar a su esposa y para aliviar un poco el cargo de conciencia que George debería sentir en esos momentos.

Hasta ese entonces, George se había encargado de todos los asuntos familiares que se tenían que llevarse a cabo fuera de la casa, ya que las calles no eran lugar muy seguro para su madre y su hermana, como comprar alimentos, pagar deudas, llevar recados y muchas otras cosas que desde ese momento ya no podría seguir haciendo.

Los días seguían pasando mientras la situación empeoraba cada vez más en todos los rincones del país. Los rumores llegaban con más rapidez y la incertidumbre reinaba en todos los corazones, las desapariciones eran más frecuentes y los muertos abundaban mientras el miedo se apoderaba de todos los hogares y las calles se tornaban cada vez más inseguras. La ciudad entera se estremecía en un solo temblor mientras columnas de humo negro danzaban desde el otro lado de las montañas y los infantes se despertaban en llanto con el ruido de las explosiones.

Sin embargo, el doctor Gustafson se sentía afortunado, pues de una manera u otra había conseguido mantener a su familia unida hasta ese momento; pero sus preocupaciones empezaron a aumentar con la explosión de una bomba a pocos metros de una de las calles principales. Testigos aseguraban que la bomba había sido arrojada desde un avión bombardero. Los escombros alcanzaron el consultorio del doctor Gustafson y otras varias edificaciones. El número de muertos y desaparecidos era inconcluso.

Era imposible ignorar el paso gigantesco y tortuoso de la guerra, la cual al fin había llegado a la ciudad, y con su llegada se estremecía toda esperanza. Para el doctor Gustafson, la unidad y el estado de ánimo de su familia seguían siendo su prioridad. Pensó que entonces podría distraer sus mentes del temor y la ansiedad que los agobiaba si los enfocaba en algo más feliz, y tuvo así la idea de complacer al menor de sus hijos después de tanta insistencia. Creyó justo construir una casa en un árbol; sería un proyecto familia. Y así, mientras caminaba por el pasillo, iba gritando en voz alta y resonante a cada uno de ellos:

—¡Frederick!, ¡George!, ¡Elisa!

La familia acudió con prisa al llamado. El rostro de George y de su madre se llenaron de angustia: hacía mucho tiempo que no escuchaban a su padre llamarlos de esta manera, pero el rostro pasivo del mismo doctor Gustafson los hizo tranquilizarse un poco, mas ignoraban aún lo que sucedía

—¿Pasa algo, Gustaf? —preguntó su esposa.

Gustafson se acercó a su hijo Frederick y se puso de rodillas para así verle la cara mientras de su rostro se escapaba una sonrisa.

—Hijo, has sido muy paciente y yo muy severo, pero tu paciencia me ha recordado hoy que mi mayor prioridad en la vida es verlos a ustedes siempre felices, aunque afuera el mundo se caiga a pedazos.

Frederick tan solo miraba fijamente a su padre y, sin poder comprender lo que este decía, sonrió para responder a la sonrisa que se dibuja en el rostro de su padre.

—Frederick, alégrate, porque hoy te voy a construir una casa en un árbol; mejor aún, te vamos a construir tu casa, porque todos formaremos parte de este proyecto.

Frederick no lo podía creer. Saltaba y saltaba de nuevo dando gritos al aire de la emoción.

—Por fin, por fin —decía Frederick, quien, al fin, vería su sueño hecho realidad.

—¡Gustaf! —llamó Elisa a su esposo—. ¿En realidad crees que este es el momento apropiado para semejante trabajo?

El doctor se acercó a su esposa y en voz baja le dijo:

—No lo sé, amada mía, pero sé que los niños necesitan una distracción, pues estar encerrados y preocupados no les hace ningún bien, ni mucho menos hará que la guerra pase más rápido. Además, si no es ahora, entonces, ¿cuándo?

—Pero, papá, nosotros no tenemos un árbol en nuestro patio y, además, ¿de dónde sacaremos los materiales para la construcción de una casa? —preguntó George.

—Si no hay un árbol, no importa,: la construiremos fuera, entre los arbustos, y será como una casa secreta.

Frederick saltó más y más alto al escuchar estas palabras. Una casa secreta sería estupendo; una casa secreta es mucho mejor que una casa en un árbol. ¡Cómo no se le pudo ocurrir a él algo así antes! Esto confirmaba su idea de que su padre era el hombre más inteligente del planeta y, tal vez, del universo entero.

—¡Sí! —gritó Frederick—. Eso es lo que quiero: una casa secreta.

—George, trae el sillón de la tía Rita. Yo iré al sótano por unos clavos y un martillo. Elisa y Frederick, me ayudarán a traer la pintura, y mamá, preparara refrescos para todos —dijo el padre.

—¡Sííí! —gritaron Frederick y Elisa.

—Y como madera, usaremos el armario de mi alcoba —añadió el padre.

—¿El armario? Pero… ¡Gustaf! —exclamó la madre, alarmada.

—Sí, querida, el armario. Cuando pase la guerra, compraremos uno nuevo; es más, cuando pase la guerra, compraremos todo nuevo.

La casa se inundó de sonrisas y voces. Mientras en las calles retumbaban los rifles y las explosiones, en el interior de esta casa resonaban el martillo y los clavos. Mientras fuera se destruía, dentro se construía. Mientras fuera se lloraba, dentro se reía, pues no se había visto tanta felicidad en esta casa desde los días previos a la guerra. La madre preparó bocadillos y sánduches. El pequeño Frederick y la pequeña Elisa corrían por toda la casa y George y su padre intercambiaban ideas y temas mientras trabajaban juntos. La silla de la tía Rita, el armario y una vieja mesa fueron las únicas víctimas y perjudicados en esta hazaña. Pero en el exterior de la casa, la situación era muy diferente, pues las víctimas seguían aumentando en un infierno que se tomaba las afueras de la ciudad.

Empezaba ya a caer la tarde cuando dieron por terminada la obra y se congregaron todos con cautela a la salida del patio, pues no querían que George fuera expuesto a la posible mirada de los vecinos, quienes creían que él se había marchado de la casa, ya que este era el rumor que sus padres habían divulgado en un esfuerzo por evitar que George fuese buscado por los militares.

La pequeña casa medía aproximadamente dos metros de largo por uno y medio de ancho y uno y medio de alto. Tenía una pequeña puerta y una ventana muy pequeña para aumentar la luz en el interior, el cual había sido pintado en un color claro. El exterior era gris, con el techo azul oscuro.

La casa se parecía mucho a la de un perro, pero de un tamaño más grande. La situaron entre dos arbustos y la cerca para que tuviera un aire de privacidad,. Frederick aún no podía creer que fuera dueño y señor de su propia fortaleza, la cual para él era perfecta. Él y su hermana corrían alrededor de la pequeña casa, entrando y saliendo. Los padres estaban tan emocionados al ver a sus hijos tan felices que ellos también se unieron al juego. Parecía que, por unos momentos, la guerra no existía, que la pesadilla había terminado y el cielo se iluminaba de esperanza. Era un momento feliz en un tiempo de lágrimas.

Pero en donde está el bien existe el mal, en donde hay luz existe la oscuridad, y la oscuridad había llegado a este lugar con la crueldad sin bordes que tan solo conoce la guerra. El día entero se opacaba rápida y repentinamente. El doctor Gustafson no pudo evitar levantar su mirada hacia el cielo y así contemplar una imagen que quedaría grabada en su memoria por el resto de sus días. Sus ojos se inundaron mientras dejaba caer la mandíbula lentamente, sus manos transpiraban y un extraño frío le recorrió todo el cuerpo. Tomó la mano de su esposa, quien se encontraba junto a él, y la apretó fuerte, queriendo buscar consuelo a su inmensa angustia.

—¡Aviones, aviones! —gritó Frederick, quien hasta ese momento apenas se había dado cuenta—. ¡Muchos aviones!

No dos ni tres: eran cientos de aviones que colmaban el cielo, pero estos no eran motivo de alegría, y esto lo sabían bien sus padres y su hermano. Eran aviones enemigos, bombarderos, gigantescos pájaros de acero que exhibían sus banderas y símbolos de colores cual plumajes exóticos, plumajes que sembraban el temor en los corazones y la pena en el alma. El doctor Gustafson sabía muy bien que aquellos pájaros mortíferos se dirigían hacia la capital cargando en su interior la muerte y la destrucción.

—Todos para adentro —dijo el doctor con una voz seca y llena de angustia.

—¿Y mi casa? —preguntó Frederick lleno de desilusión.

—He dicho que para adentro —replicó su padre dando una media vuelta.

—¡No! Yo quiero jugar en mi casa secreta.

—No es un buen momento —dijo su madre, y Frederick se echó a llorar.

—Elisa, mete a los niños. George, acompáñame a reforzar las ventanas.

Una sorda sirena resonó por todas la calles. El temor se hacía fuerte en todos los corazones y esta vez sobrevolaba los cielos y tejados imparable y poderoso. Las calles quedaron completamente abandonadas y en el interior de la casa la madera rugía y el martillo golpeaba. Al mismo tiempo que el doctor Gustafson y George reforzaban las ventanas, buscaban el que sería el mejor lugar para que todos se pudieran refugiar juntos, un refugio de la lluvia mortal y la tormenta de fuego que ya se pronosticaba. En su interior, tanto el doctor como su esposa y su hijo pensaban que era inútil todo esfuerzo, que la destrucción de la capital era eminente e imparable, y que, una vez destruida, volverían aquellos pájaros de acero, aves rapaces, como una pesadilla en cadenas acarreando la muerte y desprendiendo el fuego y la destrucción de sus entrañas.

Ellos lo sabían muy bien y por eso no buscaban un lugar para salvaguardarse y esperar que la lluvia infernal pasara, sino que más bien buscaban un lugar en su hogar en el cual morir todos juntos como una familia unida hasta el final.

Frederick miraba inquieto el patio por una rendija de la ventana hacia su casa secreta, su guarida perfecta, su fortaleza infranqueable.

No pensaba en pájaros de acero ni en lluvias de fuego; solo pensaba en lo cruel del destino al arrebatarle su momento mejor, al castigarlo haciendo realidad su sueño, pero encadenando su ilusión de poder vivirlo. Para él aquellos monstruos voladores no eran más que simples aviones de paso. Fuesen cuantos fuesen, no podrían hacer nada en su contra mientras él estuviese en su casa secreta. Pero no era así, y por eso él se sumergía en una tristeza de ojos llorosos mientras su fortaleza permanecía allí, en el patio de la casa, sola y vacía… Vacía y sin él.

—Vamos, Frederick, debemos escondernos. Cuando todo pase, saldremos a jugar en tu casa. Te lo prometo.

Frederick volteó para ver a su padre y hacer legal y auténtica aquella promesa, pero antes de que pudiera decir una sola palabra…

Una lejana explosión interrumpió el momento. Su padre levantó la mirada y aunque solo pudo ver la pálida pared y el opaco techo, su mente se llenó de aterradoras imágenes. En menos de dos segundos, una segunda explosión y otra y otra más. Había empezado la muerte a caer del cielo. Las explosiones se repetían constantes casi sistemáticamente. El doctor Gustafson tomó a Frederick y se refugiaron junto con el resto de la familia debajo de los escalones. Las explosiones continuaron sin tregua ni humanidad durante aproximadamente diez exhaustos minutos, pues cuando se está muriendo por dentro, los minutos son horas.

Luego un silencio desolador cubrió toda la existencia.

Frederick no dejaba de mirar a la ventana hacia aquel pequeño orificio por donde se filtraba la luz que entraba desde el patio. Inmutable, se fijaba como si desde su posición pudiese ver su casa secreta, algo imposible para el ojo humano. Su padre lo miró y por un momento sintió compasión y regocijo al pensar que en la pequeña mente de su hijo no existía la guerra, pues en esos devastadores momentos para él solo existían su casa secreta y la necesidad de poder jugar en ella. Por primera vez en muchos años, el doctor Gustafson recordó la visión sin límites que tiene un niño.

A veces la nostalgia nos abraza con suavidad en el momento menos preciso mientras que la realidad nos aprieta, dura y fría; la realidad de una muerte que había descendido del cielo destruyendo cada calle, cada hogar, cada persona y cada historia. No había concluido en absoluto, ya que los aviones llevaron a cabo una maniobra de vuelo que los posicionó de nuevo en la misma dirección de la que habían aparecido. Esto no era un simple retorno: aquellas aves exterminadoras, aquellos buitres de la destrucción, aún llevaban en su interior un arsenal de horror, aquellos frutos del infierno que han sido forjados en la tierra por las manos de los hombres; y en su regreso, aquellas furtivas aves sin almas abrieron de nuevo sus picos y vientres para dejar que desde el cielo lloviese de nuevo la muerte y la destrucción desmesurada.

Ahora se dirigían en dirección del hogar de la familia Gustafson, mientras en su vuelo desmembraban para siempre hogares y familias, acre por acre, gota por gota.

El horror de una explosión no viaja solamente por el aire o el viento; su trueno va más allá: su temblor se esparce por los suelos y se siente bajo los pies, como si del subsuelo retumbaran los golpes de demonios ansiosos por salir de los rincones del infierno hacia la superficie, como si la muerte golpeara bajo tus pies y se fugase por cada grieta que nace. Bajo los pies de la familia Gustafson, el suelo palpitaba y los muros se estremecían. Los aviones sobrevolaron la casa y, sumergidos en una agonía casi interminable, la familia oía las bombas caer en todas las direcciones a cada segundo. El polvo y el humo eran uno mismo, y allí la muerte y el miedo bailaron y rieron con alevosía.

Pero como toda tormenta llega a su fin, llegó el final del vuelo de aquellas aterradoras aves, que desaparecieron como desaparecen las pesadillas. La familia Gustafson permaneció inmóvil allí, en su guarida, por un momento, pues todavía no sabían si el cielo había vuelto a ser cielo; si la pesadilla, realidad; si estaban vivos y si el estarlo era algo bueno. Lo único que sabían era que, a pesar de todo, todavía permanecían unidos.

El doctor Gustafson fue el primero en ponerse de pie y, tomando a su esposa de la mano, caminaron juntos lenta y cuidadosamente por entre los escombros hasta encontrarse parados en lo que antes había sido la sala de su casa. Después, les siguieron sus hijos. La madre, envuelta en llanto, apenas podía mantenerse en pie.

—Estamos bien, estamos todos bien.

Esas fueron las primeras palabras que salieron de los labios del doctor Gustafson desde que se había iniciado el bombardeo. De repente y sin aviso alguno, el pequeño Frederick empezó a correr con rumbo al patio, y como le era posible, evadía escombros y se abría camino.

—Detente, Frederick. ¡No salgas! —gritó su padre, pero Frederick no se detuvo hasta alcanzar los escombros de lo que antes era la puerta que comunicaba hacia el patio. Su pequeño corazón quería salirse de su cuerpo al ver que, entre los escombros y escondida entre los arbustos, estaba aún su casa secreta, intacta e intocable, cual fortaleza, que probaba poder resistir cualquier catástrofe. Solo unos cuantos escombros se acercaban a la magnífica construcción. Frederick tan solo movió la cabeza en forma de aprobación, pues él siempre estuvo seguro de que aquel era su mejor lugar. Su arquetipo perfecto era indestructible. El resto de la familia llegó a la puerta para ser testigos de la pintura más aterradora que jamás hubiesen visto, el paisaje más desalentador y desolador que sus ojos jamás hubiesen presenciado. La destrucción se podía observar hasta donde alcanzaba la vista: kilómetros y kilómetros de escombros sin rebozo, una ciudad entera de escombros, humo y fuego, un fresco infernal. Lo poco que quedaba de pie se derrumbaba. El humo cubría el cielo y las llamas danzaban. Gritos desesperados llegaban de todos los rincones. Era como si el infierno se hubiese impuesto sobre la tierra destruyendo todo sueño de vida. El doctor Gustafson creía imposible aceptar que este horror proviniera de la mano del hombre. «¿Dónde estaba la ideología, la razón de ser? ¿En dónde quedaba el sentido de humanidad?», pensó. Él apretó los puños con todas sus fuerzas mientras el rostro de cientos de personas conocidas pasaban por su mente y pensó en que ninguna bestia salvaje, por muy terrible que fuera, podría causar tanta destrucción en tan corto tiempo y de tal manera como el mismo hombre, pues a las bestias las empuja el instinto, mas al hombre lo mueven la maldad y la ambición.

Suerte. La suerte se puede definir de muchas formas. Existen quienes a mitad de un camino se encuentran una moneda en el suelo y se consideran con suerte; existen quienes ganan la lotería y se consideran con suerte; y existen quienes, como la familia Gustafson, después de una lluvia mortal, se asoman al patio de su casa y encuentran un cráter, y en él una bomba de quinientas libras que nunca se detonó, y se consideran con suerte.

¿Por qué?

¿Por qué entre tanta muerte y destrucción seguían aún con vida e ilesos todos los miembros de aquella familia? ¿Es suerte? ¿O acaso son más afortunados aquellos que, después de un estallido de luz intenso y calor inconmensurable, apagaron su vida sin dejar rastro alguno y, por ende, se salvaron de presenciar el horror de la destrucción?

La tarde también murió tempranamente y, con ella, llegó la noche, que trajo consigo frío y terror. Gritos desesperados surgían de entre la oscuridad. El llanto, el dolor y la pena afligían los corazones de los que sobrevivieron a la catástrofe. Esa noche el sueño nunca llegó, como si Morfeo mismo se encontrase afectado por la pena.

La mañana apareció tarde, como nunca lo había hecho antes, y las nubes de humo aún cubrían el cielo y los rayos de sol. El silencio absoluto de la muerte fue atravesado por el ruido de unos disparos de fusil que llegaban desde la distancia, despertando a todos de un trance temporal en el que habían caído sin darse cuenta. El doctor Gustafson pensó que tal vez aquellos disparos no eran algo de mayor importancia; tal vez algún infeliz que había perdido la cabeza por completo y buscaba cómo manifestar su frustración o una salida más rápida a su existencia.

—Tengo hambre —susurró el pequeño Frederick.

—Será mejor que vaya a la cocina y busque algo de comer para todos —dijo el doctor Gustafson en voz baja.

—Ten cuidado, Gustaf —añadió su esposa.

—Ustedes solo quédense en donde están, no tardo.

Ya en la cocina buscó entre los cajones y los escombros algún pedazo de pan, galletas o cualquier cosa que pudiese servir para calmar el hambre y distraer el miedo. Mientras buscaba entre los cajones, volvió a oír el ruido de disparos en la distancia una, otra y otra vez. Esta vez no parecían simples disparos, sino que más bien seguían una secuencia.

El doctor Gustafson se quedó inmóvil por unos segundos mientras un extraño frío se coló por una de las rendijas de la ventana y se hizo sentir levemente. Él quiso negarse a sí mismo lo que su mente le insinuaba. Movió la cabeza de un lado al otro en forma de negación y susurró:

—Que Dios nos ampare.

Tomó algunos alimentos entre las manos y dio media vuelta con la mirada baja. De repente, sonaron los disparos.

Gustafson no pudo evitar sentir un escalofrío recorrer su cuerpo entero y una lata de comida cayó al suelo. Estaba entonces casi seguro de que no eran simples disparos provenientes de una misma dirección y en un orden sistemático por simple coincidencia. En su mente una terrible palabra resonó: *fuego*.

Eran ejecuciones. Él lo sabía, lo sabía muy bien. Volvió a la sala, pero no tuvo valor para alertar a su familia de lo que pasaba por su mente. ¿Cómo causar más miedo en aquellos corazones ya aterrorizados? Además, ¿cómo podría estar tan seguro de lo que pensaba? Se dijo a sí mismo que las posibilidades podrían ser infinitas; tal vez eran soldados contra soldados, prisioneros de guerra o muchas otras variantes. Asimismo, los disparos provenían de la distancia. «No hay por qué preocuparlos», pensó. Si el destino los había mantenido juntos y con vida hasta este momento era por alguna razón, pues no todos los días ni a todas las familias les ocurre que una bomba de quinientas libras caiga en el patio de su casa sin detonarse ni causar mayores daños.

—¿Oíste los disparos? —preguntó George tan pronto vio a su padre de regreso en la cocina.

—Sí, los oí, pero no tenemos por qué preocuparnos: se oían distantes. Deben de ser los soldados de nuestro ejército; nada que podamos hacer nosotros. Por ahora lo más importante es permanecer juntos.

Pero los disparos empezaron a ser más frecuentes y en ocasiones seguidos por sordas explosiones que parecían ser de granadas de fragmentación. La familia se arrinconó de nuevo debajo de los escalones que comunicaban con el segundo piso. No era fácil intentar comer con el ruido escalofriante de los disparos, las explosiones y, peor aún, con los gritos desesperados y agonizantes que empezaban a hacerse más frecuentes.

Los gritos lograron hacer imposible el poder consumir los alimentos; lamentos y gemidos de hombres y mujeres cada vez más desgarradores. En algún momento pensaron oír la voz de un pequeño entre tantas otras. Todas aquellas voces llegaban y desaparecían en la nada como un rayo en la oscuridad, pero dejando un frío en el pecho de quienes las oían.

Frederick seguía mirando hacia el agujero aquel por donde se filtraba la luz que venía del patio, ese agujero por donde él, con un poco de su imaginación, podía divisar su casa secreta, su fortaleza indestructible.

Pensaba para sí mismo: «Esto no puede ser. Esta guerra debe terminar de inmediato, no tiene sentido. En mis siete años de vida no he conocido nada peor que esta guerra, nada más absurdo; tan absurdo como los castigos de mi madre o como los caramelos sin azúcar de mi tía. Cuando sea grande, me mudaré a un lugar en donde no exista la guerra y todos sean felices. ¿Para qué inventaron la guerra? La guerra no es feliz; la guerra destruyó todas las casas, los parques, las escuelas. La guerra huele feo tan feo como huelen los drenajes; la guerra hace que la comida no tenga sabor. ¿Dónde están los dulces y los panes calientes? ¿Y por qué llora tanto mi mamá? Papá solo mira al suelo y George está de mal humor. Yo quiero que ya pare esta guerra, que ya no pasen los aviones ni que caigan más las bombas, que se callen los disparos y los gritos, que deje de llorar mamá y que salga el sol para poder salir y jugar en mi casa secreta».

Una explosión no muy lejana arrancó a Frederick de su corto trance y el ruido feroz de unos motores empezó a tomar fuerza. George corrió sin pensarlo dos veces hacia la ventana. Su padre susurró de inmediato:

—George.

Pero él no hizo caso alguno, se acercó a la pared e intentó mirar por un agujero sin ser visto. Dos camiones se detuvieron en la esquina de la calle y de ellos empezaron a bajar soldados, que portaban un uniforme que era inconfundible para George. Los soldados empezaron a formar rápidamente a un lado de los camiones; todos estaban armados. Dos de ellos cargaban lanzallamas. De pronto, del frente de uno de los camiones bajó un hombre y se centró en medio de la formación. Su uniforme y postura demostraban su superioridad ante los demás soldados. Sus movimientos eran casi sistemáticos, fríos y calculados. Sin perder mucho tiempo, primero señaló a uno de los dos grupos y después a un lado de la calle. Después, señaló al segundo grupo de hombres y al lado contrario de la calle. Seguidos por sus respectivas órdenes, los dos grupos se dirigieron a ambos lados de la calle y empezaron su recorrido. Irrumpían de puerta en puerta, de casa en casa.

Derrumbaban las puertas con fuertes golpes y patadas, y entraron de forma violenta al interior, en donde, después de un corto silencio, se escuchaban gritos y voces, seguidos por disparos, y de nuevo el silencio. Los soldados salían de las casas y luego el hombre que cargaba el lanzallamas hacía su debut parándose enfrente de la puerta, donde violaba de nuevo al silencio con la ferocidad de las llamas que se escapaban de su temible arma, como un dragón, una bestia temible e implacable que devoraba lo poco que quedaba en pie en las casas.

George no podía creer lo que veían sus ojos. De una de las casas sacaron a un hombre y a dos mujeres, una de ellas bastante joven. Los pusieron contra la pared para dispararles en la cabeza. Desesperada, la mujer joven intentó huir, pero mientras corría, le dispararon a la altura de la cintura. La mujer cayó al suelo envuelta en quejidos. Uno de los hombres que cargaba el lanzallamas se acercó y, sin pensarlo dos veces, le apuntó con su arma y le prendió fuego. Sus desgarradores gritos penetraron en los oídos de George hasta lo más profundo de su alma. La joven se estremecía sin control. Los soldados dieron media vuelta y se dirigieron a la siguiente puerta.

George se secó las lágrimas y empuñó las manos con fuerza. Luego se volteó y miró a su familia. Su padre lo miró fijamente a la cara. George se acercó y le dijo a su padre:

—Tenemos que huir.

Su madre, entre lágrimas y desesperada, murmuró:

—No, no. ¿Cómo? ¿Adónde?

George dijo:

—Por el patio. Si salimos por el frente, nos van a ver.

—No podemos, hay demasiados escombros, no hay salida. Es mejor ocultarnos aquí.

—Padre, si no huimos ahora, nos van a encontrar —dijo George.

Afuera los disparos y los pasos retumbaban cada vez más cerca.

—Vámonos —dijo George.

Entre los escombros y en el mayor de los silencios, la familia empezó a caminar hasta llegar a la puerta que comunicaba con el patio. Miraron hacia afuera y los escombros no daban paso a su escape. Al otro lado de la casa, en la calle, aquel hombre de postura y uniforme amenazador se había detenido justo al frente de la casa de la familia Gustafson. Miró a dos de sus soldados y después señalo la casa. Sus hombres se acercaron a la puerta y empezaron a golpearla fuertemente con los hombros primero y después con los pies.

El ruido de los golpes que viajaban por el interior de la casa llegaba hasta la puerta del patio, haciendo que la desesperación se apoderara de todos; menos de Frederick, que no paraba de observar su casa de madera. Frederick miró a su padre y este miró Frederick, quien, con su mirada señaló su casa de madera.

La puerta principal de la casa de la familia Gustafson tenía sus límites y debilidades. Le gustaba ser calentada por el sol de la mañana y exhibir ese verde brillante de su pintura nueva, que era su mejor atuendo en muchos años. Aunque siempre fue leal y rígida a quienes moraban en el interior de aquella casa, esa tarde oscura y siniestra, debido a la rotunda insistencia de las botas de los soldados, la puerta decidió por su conveniencia ceder su chapa y aldabas para así desplomarse majestuosamente hacia el interior de la casa, casi en ruinas. El ruido recorrió toda la casa de esquina a esquina.

Esa tarde gris, mientras la ciudad ardía, dos soldados de uniforme gris se adentraron en la casa de la familia Gustafson, ciegos de todo bien; convencidos de un mal que ya llevaba raíces, que les daba razón para someter a juicio a todo aquel a quien el destino sorteaba enfrente de sus fusiles.

Afuera de la puerta, el oficial los esperaba, luciendo sus emblemas y medallas, aquellas que lo distinguían entre otros por su tenacidad y frialdad al vencer ante sus enemigos, aquellos otros que habían cometido el imperdonable pecado de haber nacido al otro lado de la frontera, pero bajo su mismo cielo.

Uno, dos, cuatro, seis segundos y los disparos retumbaron en el interior de la casa de la familia Gustafson. Una pequeña mueca se dibujó en el rostro del oficial, quien miró hacia el frente con la satisfacción del deber cumplido al ver a sus dos hombres salir de la casa. Señaló la casa siguiente y marcharon como marcharía la misma muerte.

Uno, dos, cuatro, seis segundos; esos mismos segundos imparables que eran los mismos en el plano del tiempo, pero que eran tan diferentes a su vez, pues en cada situación una historia diferente tomaba lugar; otro mundo giraba en el mismo tiempo relativamente, pues durante esos mismos segundos Frederick, apretando la mano de su padre, miró su casa de madera y luego a su padre. El doctor Gustafson miró a su hijo y después a la casa de madera. Sobraban las palabras; el doctor sabía muy bien que la puerta principal de la casa no soportaría mucho tiempo y que cualquier decisión podría bien ser la última. Y así fue como el sonido seco y penetrante de la puerta al caer viajó como un grito de aviso por toda la casa, casi en ruinas.

Los soldados entraron en la casa, interrumpiendo la poca paz que allí quedaba. La guerra al fin había puesto sus pies en el interior de la casa de la familia Gustafson, la cual, casi en ruinas, parecía estar desolada. Un soldado le indicó al otro que se hiciera cargo del segundo piso. Rápida y eficazmente, los dos hombres escudriñaron el lugar con la agilidad de dos perros de caza. Al no encontrar a nadie, uno de los hombres se dirigió hacia el patio de la casa y, al llegar a la puerta, se detuvo. Con un gesto de asombro en el rostro y en un idioma extranjero, susurró:

—¡Increíble!

Su compañero se dirigió de inmediato a la puerta y, en un momento de asombro aún mayor, replicó:

—Las personas de esta casa debieron de ser por un instante las personas más afortunadas del mundo.

Sonrió con ironía y después añadió:

—No todos los días cae una bomba de quinientas libras en el patio de tu casa sin detonarse, ¡ja, ja, ja! Vámonos, aquí no hay nadie.

Su camarada seguía observando el patio de esquina a esquina y por un momento fijo su mirada en la casita de madera que, aún intacta, se imponía ante los arbustos, mientras que en el rostro del soldado se colgaba una sonrisa irónica. En el interior de la casita de madera, arrinconados entre sí y sin el más mínimo movimiento, los cinco corazones atormentados de la familia Gustafson palpitaban temerosamente, y en sus pálidos rostros se confundían sudor y lágrimas.

El soldado dio un paso hacia el frente sin alejar ni un segundo su mirada de la casita. Impulsado por su intuición asesina y la fuerza de su instinto, apuntó el rifle a la casita de madera y, ante la mirada irónica de su compañero, apretó el gatillo. Una corta ráfaga de disparos cortó el aire mientras en el interior de la casita de madera el tiempo parecía haberse detenido. Los disparos buscaban su blanco desesperados. Dos de ellos atravesaron la cerca, otro apenas rozó el tejado de la casita y dos más atravesaron las paredes de la pequeña e indefensa fortaleza de madera. Al parecer, sus paredes de madera vieja no eran suficientemente fuertes para hacerle frente al plomo voraz de aquellos temibles proyectiles.

Ni un solo ruido ni el más mínimo movimiento se percibió en el interior de la casita de madera. El decepcionado soldado dio media vuelta sin mirar a su compañero y los dos se dirigieron hacia el interior de la casa principal. Segundos más tarde, aquel hombre de aspecto áspero y uniforme imponente, quien aún esperaba afuera, en la calle, vio a sus dos hombres salir por la puerta principal. Los miró de frente y, con un sencillo gesto de negación, uno de los soldados le dio a entender que en el interior de la casa no quedaba nada. Aquellos hombres continuaron con su jornada de destrucción mientras por las calles se confundían los gritos y el sonido del fuego devorador de ilusiones, en una tarde en donde un pueblo fue desangrado de puerta en puerta, de esquina a esquina, mientras era bañado por su legado, hecho cenizas.

Los quejidos del viento recorrían el interior de la casa de la familia Gustafson y sus paredes, que parecían derrumbarse de dolor. La tristeza era tanta que alcanzaba cada rincón, cada grieta; que tornaba todo de un gris moribundo, de una desolación que se siente mas no se puede explicar.

¿Cómo explicar cómo es la guerra a quien nunca la ha sentido en sus poros?

Podría tal vez narrar los últimos años que dividieron a un país buscando explicar lo que es la guerra; podría tal vez contar sobre los últimos meses en los que se acribillaron a los hijos de aquella patria, o detallar los últimos días en los que el hambre y el dolor acabaron con familias enteras, una por una. Podría tal vez señalar las últimas horas en las que hombres y mujeres agonizaban mientras la muerte danzaba en el aire. O tal vez simplemente les podría dar a conocer cómo en el patio de una casa, en el interior de una pequeña casita de madera, un padre envuelto en lágrimas sujetaba contra su pecho y con todas sus fuerzas a su pequeño hijo de siete años mientras por una de sus manos se le derramaba la vida en forma de sangre tibia y con la otra cubría la boca de su pequeño para evitar que se escapara el llanto. El doctor Gustafson solo podía morder fuertemente los labios mientras sentía el leve palpitar del corazón de su pequeño despedirse lentamente.

Cuesta mucho llorar en silencio, pero el doctor Gustafson sabía bien que el menor de los ruidos marcaría el destino de los demás en el interior de la pequeña casa. Cuesta mucho creer que en aquella casita tan pequeña cupiera tanto dolor. Con sus ojos en llanto y las mínimas fuerzas, el doctor apartó levemente la mano de los labios del pequeño Frederick y lo besó en la frente.

En sus últimos alientos y casi sin fuerzas, el pequeño Frederick susurró:

—Estoy muy cansado, papá. Me quiero quedar aquí, en mi casa secreta.

—Sí, hijo, sí.

—Afuera está la guerra y no puede entrar aquí. Este es un lugar sin guerra.

La guerra a veces es la historia de una familia que estuvo unida en el peor de sus días.

La guerra a veces es la historia de un padre que pudo hacer realidad el sueño de su hijo antes de que fuera demasiado tarde.

La guerra a veces es la historia de un soldado que por simple intuición o sin el más mínimo esfuerzo disparó su rifle sin saber que sus balas detendrían un pequeño corazón y destruirían cuatro más.

La guerra es la historia de una pequeña casa de madera que se convertiría en la fortaleza de una familia ya sin esperanzas.

La guerra es la historia de una gran fortaleza que protegió a todos menos a su dueño.

La guerra es la historia de unos cuantos.

La guerra es la historia de muchos.

La guerra es la historia que se repite.

La guerra es la historia que nunca acaba.

EL ASESINO PIADOSO

Contradicciones. La paradoja a lo que ven nuestros ojos, escuchan nuestros oídos y recitan nuestras palabras. La forma común de impugnar lo que hacemos día a día y que, por naturaleza, ya es cualidad de todos. Pero qué somos sin contradicciones, qué sería de nosotros sin esa terca manera de darnos a entender, o debería decir de darnos a no entender.

La historia de Samuel Tapia no solo tiene contradicciones, sino que ella misma es toda una contradicción en su esplendor. Samuel siempre quiso ser un maestro, pero terminó siendo un médico, y aunque no amaba su profesión, siempre estuvo entre los mejores médicos. Su esposa, Carmen, era una maestra que siempre quiso ser dentista. Amaba vivir en la ciudad; siempre le gustó estar rodeada de edificios, la gente y el ruido citadino, y así fue por cincuenta y siete años, hasta que fue diagnosticada con cáncer de médula en estado terminal. Al saber que despabilaba bajo la tenue llama del cáncer, decidió que quería pasar sus últimos días en un lugar más tranquilo y callado, algo que no tenía nada que ver con su forma de vida.

Las contradicciones nunca paraban de brotar. Decidieron mudarse a un lugar en las afueras de Río Negro que se llama Aguas Claras, al este de San Antonio de Pereira, un lugar que no queda precisamente en Pereira.

Pero en una vida llena de contradicciones y con un cáncer de médula, Samuel y Carmen eran felices. A Samuel no le importaba mudarse a otro lugar. Él ya se había jubilado de su oficio y, en este punto de su vida, ver a Carmen feliz era lo más importante. También sabía que no sería fácil, que la lucha contra el cáncer es la lucha contra el tiempo y la fatuidad de buscarle razones.

Este pueblo es tan pequeño que no es pueblo, es tan importante que nadie lo visita y tan nombrado que no hace falta que lo nombre; y fue aquí, en este pequeño pueblo, cerca de un pequeño hospital y no muy lejos de una pequeña iglesia, donde Samuel y Carmen encontraron paz.

Samuel nunca fue un hombre de fe, mas visitaba la iglesia a diario, no por ser una contradicción, sino por acompañar a Carmen, quien era devota. Él nunca se quejó de las visitas a la iglesia, pues a su manera siempre encontró paz en aquel silencio sacro. Le gustaba también observar con gran detalle las figuras, cuadros y demás decoración del templo, pues fomentaba en él una inquietud arquitectónica que solo él sabía disfrutar.

Y así podía pasar una gran parte del día en un banco de una iglesia mientras Carmen oraba.

Desde el primer día que visitaron la iglesia de aquel pueblo, Samuel notó algo muy peculiar que le causaba inquietud. Samuel y Carmen siempre preferían visitar el templo en horas de receso, en las que no se ofrecía ningún tipo de sermón, pues así disfrutaban más de la paz del templo. Y fue en esta paz en la que Samuel se dio cuenta de que solo ancianos visitaban el templo; y más aún: parecían ser los mismos ancianos todo el tiempo.

Día tras día y a las mismas horas, en ocasiones Samuel se imaginaba que estaban viviendo en un sueño repetitivo, como una de esas películas de misterio en la que el personaje está atrapado en el tiempo y su vida se repite una y otra vez sin fin, sin poder hacer nada para evitarlo. O en el caso de Samuel, sin querer hacer nada para evitarlo, pues Samuel era feliz mientras Carmen fuera feliz, y sabía que tenía que valorar el tiempo que le restaba de su compañía, así que a Samuel no le interesaba cambiar la historia.

Samuel se había dado cuenta al final de su historia que era feliz. Allí, lejos de la ciudad y la furia, era feliz, repitiendo las mañanas y el café, las caminatas de la mano de Carmen, las caídas del sol desde su balcón y las visitas a la iglesia. Pensaba que podría repetir esta vida por toda una eternidad. Pero nada dura para siempre y él lo sabía bien. Aunque las calles, la iglesia y los ancianos pareciesen siempre los mismos, algo sí estaba cambiando cada día y para peor.

Carmen cambiaba. Su cáncer empezaba a tomar más ventaja y se podía ver en su pálido rostro. Aunque Carmen fuera una mujer fuerte y lo intentara ocultar, algunas cosas no se pueden esconder. Los mareos, la falta de apetito y los dolores de cabeza se hacían más frecuentes cada día. Él sentía que, con cada día que pasaba, más la perdía, y al perderla a ella, se perdía él.

Oh, infortunio de vida
que al final de mi ocaso
me regalas entre el tiempo y el espacio
algo tan mío como ajeno
para verla a ella feliz.

Oh, infortunio de tiempo
que nos haces enfrentarnos
a los miedos y demonios,
y a cada hora preguntarnos
qué será de ella sin mí,
qué será de mí sin ella.

Oh, infortunio de existencia,
que en tu todo nos muestras,
que no somos nada
más que coincidencia y contradicción.

Oh, infortunio de vida.
Gracias...

Cada noche era más difícil para Carmen conciliar el sueño. Samuel improvisaba historias y temas para intentar distraer a Carmen de su dolor mientras el cansancio dominaba sus párpados y quedaba dormida. Una de esas noches de desvelos y pensamientos, de historias y quejidos, de preguntas y lamentos, se acrecentó un silencio, un momento austero, áspero e infinito, que acribillaba hasta el más leve de los sonidos. Y entonces allí, en medio de aquel silencio, Carmen habló suave pero segura.

—No tengo miedo.

—¿Cómo? —preguntó Samuel.

—Digo que no tengo miedo.

Samuel sabía bien a qué se refería Carmen, mas, aun así, preguntó:

—¿Miedo a qué?

—A la muerte, Samuel. Sabes que mi tiempo se acerca y que no hay remedio.

—Es mejor no hablar de esas cosas.

—¡Samuel! —dijo Carmen con la mirada fija en la pared—. Ya he vivido mis días, y fueron buenos, y así quisiera que terminaran. Samuel, yo no quiero morir en un frío hospital rodeada de gente ajena que sufre igual o más que yo; yo quiero morir en un lugar tibio y callado, un lugar tranquilo y junto a ti.

Samuel no podía más que escuchar. No tenía palabras, no tenía valor.

—Promete eso, Samuel. No me dejes morir así.

Samuel no pudo contestar.

—Ha sido una buena vida, Samuel. Gracias —añadió Carmen.

La mañana siguiente dio inicio a los más devastadores días y a las más insoportables horas. Carmen padecía y padecía cada vez más. El sufrimiento y la agonía eran un solo sentimiento que torturaba a Carmen y destrozaba a Samuel. En ocasiones, ella perdía el conocimiento debido al dolor y él la cordura debido a la impotencia; sin embargo, y a pesar de las dificultades, continuaban visitando la iglesia a diario.

Una mañana, después del desayuno y las dolencias, dijo Carmen:

—Ve tú solo a la iglesia hoy, Samuel. Yo no quiero ir.

Samuel quiso quedarse en casa también, pero ella insistió en que él debía de seguir asistiendo por los dos. Qué contradicción era que Samuel continuara asistiendo a la iglesia a pesar de no ser una persona creyente. Los dos sabían lo contradictorio que esto parecía, pero Carmen tan solo buscaba darle un descanso a Samuel, un aire fresco a solas y lejos del sufrimiento de su moribunda figura. Él también lo sabía y lo hacía por complacerla; no quería discutir una decisión tan considerada, aunque él prefería estar a su lado en todo momento.

No podía evitar preocuparse al saber que ella se quedaba sola y que, al llegar a casa, encontraría un cuadro cada vez más devastador.

Pero no solo él se torturaba las bisagras de sus ojos; no solo él tenía la cabeza asediada por una madreselva de pesadillas y tormentos. También Carmen se torturaba y se abatía por malos pensamientos, por miedos y pesadillas, por preguntas sin respuestas.

Qué queda de mí.
Ayer me busqué en el espejo,
pero no me vi.

Odio a ese ser,
aquel que ha usurpado mi figura.
No sé quién ha de ser,
estoy cada vez más insegura.

El dolor es un castigo
y tú, mi única ayuda.
Cuando no estás aquí cerca,
extraño mucho tu figura.

A veces, cuando te despides,
quisiera que fuera para siempre.
Lo que más me tortura de esta muerte
es decirte tanta veces
«adiós».

Una tarde Samuel regresó de la iglesia y, al abrir la puerta de su casa, tan solo escuchó el silencio.

—Carmen, he regresado.

Y el silencio respondió lo que usualmente él siempre responde.

—¿Carmen?

Al llegar a la sala, encontró a Carmen tendida en el suelo. Rápidamente, acudió a levantarla. Ella estaba consciente y con lágrimas en los ojos. Lo miró a la cara sin decir una palabra; solo lloraba, lloraba y lloraba en silencio, como una pequeña niña.

—¿Estás bien, Carmen? ¿Qué pasa? ¿Te has caído?

Ella tan solo parpadeó.

—Carmen, ¿te duele algo?

Ella parpadeó una vez más.

—¿Qué te duele? —preguntó Samuel.

—El alma. Ya me quiero morir, Samuel…

Samuel la abrazó fuerte con su pecho y, mientras lloraban los dos, él dijo:

—No digas eso, Carmen. ¡No digas eso!

—Ya no puedo más, me tienes que ayudar.

Desde esa tarde, Carmen ya nunca se volvió a levantar de la cama. Samuel la atendía allí y no se separaba de su lado a no ser de que tuviera que hacer algo importante o asistir a la iglesia, pues

Carmen insistió en que él continuara yendo a la iglesia como si nada pasara.

—Vos eras médico, Samuel, y muy bueno.

—Sí lo era.

—Vos entendés mejor que nadie los males del cuerpo.

—Algo así.

—Tal vez mi mente aún funcione, pero mi cuerpo… ¡Ay! —suspiró—. Mi cuerpo, este cuerpo, Samuel ya llegó a su límite, mas aún sigo aquí, pagando una condena.

—Pagando una condena, pero viva y a mi lado.

—Sí, Samuel, pero aunque veas cómo sufro, no sientes cómo sufro. No sé si soy muy débil, pero ya no puedo más…

—No te rindas, Carmen.

—Yo ya me rendí hace mucho tiempo, tú eres el que no se ha querido dar cuenta.

Largos días y eternas noches fueron aquellas en las que Carmen, de una u otra forma, suplicaba y en ocasiones exigía a Samuel que acabara con aquel tormento de una vez. Samuel no encontraba sosiego al volver de la iglesia cada tarde. Se balanceaba entre la tortura de volver a casa una tarde y encontrar a Carmen ya si vida o encontrarla con vida y suplicándole a él que hiciera lo que él tanto temía.

Sentado en una banca de la iglesia, Samuel se preguntaba:

—¿Cómo? ¿Cómo convertirme en el asesino de quien más amo? ¿Cómo cargar con el peso de saber que fueron mis manos las que segaron la vida de quien me acompañó por tanto tiempo, en las buenas y en las malas, en la alegría y la tristeza?

Estas y muchas otras preguntas cruzaban crudamente la cabeza de Samuel, flagelando su alma con el látigo de la culpa y la impotencia.

—Dios no nos manda una cruz más grande de la que podemos cargar —se escuchó de una voz ajena.

Samuel miró: a su lado un anciano le sonreía, uno de aquellos ancianos que se gastaban sus horas sentado en una banca del templo esperando quién sabe qué.

—Disculpe…

—Digo que el Señor no nos manda una cruz más pesada de la que podamos cargar.

Samuel lo miró con curiosidad.

—Lo digo porque lo veo muy pensativo. Sea lo que sea lo que le esté pasando por la cabeza, el Señor sabe que si no estuviera en sus manos el solucionarlo, él no lo hubiera puesto en su camino.

Samuel solo fingió una mueca y el anciano continuó su camino. De regreso a su casa, mientras lo torturaba pensar en qué estado encontraría a Carmen al llegar, la frase de aquel anciano volvió a su mente y lo asedió sin aviso alguno.

«Una cruz más grande… ¿Qué es mi cruz? Es mi cruz; ¿mi cruz? ¿Es mi cruz muy grande?»… Preguntas y más preguntas llegaban y desaparecían para reaparecer más agudas que antes.

«¿Dios? ¿Y si es cierto todo? ¿Y si tan solo yo lo he estado negando? ¿Y si no lo he querido ver? ¿Y si soy yo quien ha negado a Dios y no Dios a mí?».

Entonces Samuel se encontró en aquel precipicio en el que alguna vez cayeron hasta los más grandes, y al igual que casi todos, al llegar al fondo de las preguntas sin respuesta, la esquina de la desesperación y el muro de lo inexplicable, en donde los argumentos e ideas propias de muchos se vuelven cenizas, se entregó a la palabra que es multitud, a la palabra que adormece a la inquietud. Se entregó entonces a la fe y a la creencia.

Entonces sintió un peso menos en sus hombros. Sus preguntas, tesis, teorías, su inquietud y su ciencia pasaron a un plano más simple en el que todas encontraban una misma respuesta: Dios.

Dios, Dios y solo Dios era la respuesta. Claramente el anciano era un emisario y todo era parte de un plan. Dios le había encargado a Samuel un plan, una cruz que solo él pudiera llevar, y por eso estaba en aquel lugar.

Continuó su camino a casa, pero ya no era el mismo de antes, el mismo de unos pasos atrás. Ahora pensaba diferente.

«La eutanasia, la buena muerte. Si fuera yo quien estuviera desahuciado, tal vez también estaría rogando por que alguien se apiadase de mí; y si pudiera escoger a ese alguien, estoy casi seguro de que escogería a Carmen. ¿A quién más quisiera ver antes de cerrar mis ojos para siempre? ¿A quién más le pediría sujetarme la mano ante mi último adiós? No puedo ni debo de ser egoísta con ella, y si alguien debe poner fin a su dolor, que sea quien más la ama.

Yo, el único capaz de hacerlo, el único capaz de cargar esa cruz».

Un miércoles por la tarde, mientras se enfriaba el café y se morían lentamente los minutos casi eternos, aspiró Carmen su último suspiro en brazos de Samuel. Como el canto de un ave que solo una persona pudo escuchar y que el mundo entero ignoró, así mismo murió Carmen, exhalando un «te espero» casi cotidiano.

Samuel dejó el cuerpo ya sin vida, se secó los ojos, tomó su café, cerró la puerta y, con cierta prisa, empezó a caminar hacia la iglesia, pues ya casi eran las tres de un día cualquiera.

El camino de regreso fue una tortura, y más aún el fingir enterarse de una pena que ya lo estaba matando por dentro. Pero de alguna forma y sin sospechas se tenía que enterar el pueblo.

Comentarios aparecían y desaparecían de un lado a otro, de boca en boca, de oído a oído.

«Pobre mujer, que en paz descanse»; «Y tan buena que era…»: «Fue ese cáncer, lo mismo le pasó a un familiar mío»; «Pobre don Samuel, ya se quedó solo»; «Y con lo que la quería ese hombre…»; «¿Oíste? ¿Y en serio no tenían hijos?».

Samuel no podía evitar escucharlos ni maldecir lo que escuchaba, pero conservó la compostura en silencio.

Nadie nunca sospechó por un momento del asesinato. Era claro que Samuel y Carmen se amaban y que ella padecía una enfermedad terminal. Carmen llegó a la tumba sin más preguntas, sin ninguna sospecha.

Samuel ya nunca fue el mismo, aunque su vida prosiguiera un mismo rumbo. Continuó visitando la iglesia, tal vez en busca de respuestas, tal vez por costumbre, tal vez por remordimiento. Allí, en los bancos de la iglesia, pasaban las tardes mientras Samuel se hacía preguntas que no alcanzaba a responder.

«¿Soy acaso un asesino de escasos escrúpulos? ¿O el sacrificado redentor de mi amada? ¿Es esta la cruz que estoy destinado a cargar? ¿Y en dónde dejé los calcetines negros que usé el lunes?».

Incógnitas que él no podía responder, pero que solo él podía formular. Y allí, sentado en un banco, tuvo una nueva visión, mezclada entre el aroma del incienso y los velones, susurrada entre los ecos de un ligero silencio. La visión del dolor ajeno, el padecimiento y la agonía que independientemente sufría cada uno de aquellos devotos, los arcaicos y fieles visitantes del templo. Todos ya agotados y secos de esperanza, cada uno cargando con su vejez, que a su vez arrastraba las aflicciones del tiempo.

Todos esperando pacientemente la sanación tan demorada. Samuel veía en aquellos rostros de ojos hundidos y piel caída un cansancio milenario, y las ansias de liberarse del dolor, los achaques y dolencias que trae la enfermedad de la vejez.

Y supo de nuevo que él tenía el poder de cambiar aquella triste pintura y que solo él podía cargar con esa cruz. La respuesta a todas sus incógnitas cayó como maná desde el cielo.

—¡Sí!, yo soy el redentor de mi amada y yo puedo cargar con esta cruz.

Camino a su casa, se sintió de nuevo lleno de energía y fuerza para encomendarse a su divina misión, la cual solo él podía llevar a cabo. Y caminando con pasos firmes, fuertes y con la mirada en lo alto, se preguntó de nuevo: «¿En dónde dejé los calcetines negros que me quité el lunes?».

Se pasó toda la noche pensando y hablando a solas; no había tiempo que perder. Al llegar la mañana, ese jueves, a dos días de las fiestas de San Ignacio, patrón del pueblo, Samuel puso en marcha su divina misión salvadora. Ya sabía cómo, cuándo, dónde y quién sería el próximo elegido a quien le otorgaría descanso y salvación.

Al llegar la tarde, sentado en un banco de la iglesia, miró su reloj de mano.

«2:55», dijo para sus adentros. Pasó la mano sobre el bolsillo izquierdo de su chaqueta y palpó el objeto que había dentro de él para asegurarse de que todo estuviera bien. Suspiró y volvió a ver su reloj.

«2:57».

Miró hacia la puerta: una figura de alguien no muy alto se acercaba al interior del templo. Samuel reconoció rápidamente aquella figura. Miró hacia el suelo y fingió orar mientras escuchaba los pasos acercarse y pasar por su lado. Al levantar la mirada, la certeza se apoderó de él: era aquella anciana de pasos cansados y espalda curva. Samuel la había observado múltiples veces, mas desconocía su nombre. Siempre asistía al templo a la misma hora y se sentaba en la misma banca. Se movía con dificultad y su oración estaba interrumpidamente inundada por quejidos y suspiros que él no podía ignorar.

Su conocimiento médico le daba una muy exacta idea de la condición de salud y las dolencias de aquella mujer, dolencias que él había decidido terminar, pues él era el único que podía cargar con esa cruz.

Se levantó de su banco y se fue a sentar en el que estaba justo detrás de aquella mujer. Miró hacia todos los lados y se dio cuenta de que ninguno de los pocos feligreses que estaban allí se habían percatado de sus acciones. Sus movimientos eran cautelosos, seguros, y sus palpitaciones. Controladas, como las de un gran cirujano, con el convencimiento de que lo que hacía era su trabajo.

Metió la mano en el bolsillo izquierdo de su chaqueta y sacó una jeringa. Luego le quitó la tapa que protegía la aguja hipodérmica, se abalanzó hacia el frente, acercó el rostro al oído de la anciana y susurró:

—Ya no es necesaria más oración, tus súplicas han sido escuchadas.

Al día siguiente, se murmuraba en todas las esquinas del pueblo el suceso de una muerte tan pasiva y sublime, de una mujer buena que el Señor escogió en su propia casa para su descanso final; una muerte tan llena de paz que no levantó sospechas.

«Qué cosas se pueden escuchar cuando se está en el jardín», pensaba Samuel para sus adentros. «A veces se escucha una radio vecina, a veces un chisme lejano, a veces los grillos en las ramas… Es por eso por lo que prefiero estar aquí y no adentro, escuchando tu silencio».

Empezaban a sentirse los primeros días del verano y las noches eran cada vez más calurosas. El viento casi no se hacía sentir, pero cuando aparecía, se arrastraba por el suelo de la casa y subía por entre las paredes; y cuando se lanzaba sobre Samuel, llevaba empuñadas pesadillas y voces.

Samuel solía despertarse sobresaltado y bañado en sudor. Casi siempre era Carmen quien aparecía en sus sueños, a veces feliz y agradecida, a veces envuelta en un interminable lamento. En esas noche no se dormía; en esas noches el café sabía a agua.

Pero él sabía que esta era la cruz que le correspondía y que aún faltaba mucho por venir. Así pensaba una mañana mientras en empuñaba unos pequeños frutos y hojas que había recolectado de su jardín.

—Fruticos de belladona y hojitas de cicuta. Ya está listo el té —murmuraba en voz baja.

Esa tarde de viernes salió para el templo como ya era costumbre. En las manos llevaba un pequeño termo como los que se usan para cargar el café. Al entrar al templo, se dio cuenta de que había unas cuantas personas más de lo habitual. Tal vez la conmoción de la semana pasada había atraído a uno que otro curioso. A él no le importó. Desde la entrada de la iglesia, escrutó con su mirada y encontró, como era de costumbre en la misma banca y con la misma chaqueta descolorida, a aquel hombre. Se llamaba don Fidel, algo que Samuel no sabía en ese momento. Lo que sí sabía es que ese día aquel hombre sería salvado. «Ya no necesitarás aquel gastado bastón; no más de aquella tos desgarradora ni de aquel temblor muscular», pensó Samuel.

Se acercó y se sentó a un lado de don Fidel.

—Buenas tardes —dijo Samuel, quien lo había observado tácticamente, y aun sin antes haber hablado con él, ya le había dado un dictamen médico.

El anciano lo miró con lentitud y lo saludó:

—Muy buenas tardes.

—¿Y se va a confesar hoy?

—Sí, señor. Es justo y necesario —respondió el hombre en medio de una tos que rasguñaba el aire.

—Esa tos no se escucha muy bien y parece que ya viene de tiempo atrás.

—Llevo años con esta tos.

—¿Por qué no se toma un traguito de este té que traigo aquí, en este termo? Está fresquito y precisamente es muy bueno para la tos —añadió Samuel mientras le enseñaba el termo al anciano.

El anciano sonrió.

Apenas llegaba a la puerta de su casa y ya se escuchaba la noticia por las esquinas. «Otro muerto en la iglesia»; «¡Don Fidel! No lo puedo creer. ¿No sería por esa tos?»; «¡Y cómo era de bueno!».

Llegó la mañana del sábado un poco más fresca que las anteriores. Después del desayuno. Samuel. armado con una taza de café fresco, se paró en el balcón de la parte de atrás de la casa a observar cómo la neblina que emanaba del río engullía el panorama, un paisaje inundado de cantos de pájaros y olor a clavellina y jazmín. Allí, en su silencio, por un momento se sintió culpable. Nunca antes, desde que empezó todo, se había sentido así, profundamente nostálgico y sinceramente culpable de que sus actos hubiesen privado a otros de aquellos pequeños y simples momentos que hacen del vivir algo impulsivamente maravilloso; momentos que no se pueden solo contar, pues es poca la más minuciosa explicación; solo se pueden vivir llana e intensamente. Golpearon la puerta interrumpiendo a la mañana, al silencio, al café y a las culpas.

Un joven uniformado esperaba afuera de la puerta con la orden de pedir a Samuel que lo acompañase a la jefatura de policía, la única estación de policía en el pueblo y la cual también servía de cárcel, notaría, bodega pública y otras cuantas labores. Samuel acompañó al joven sin oponer resistencia alguna. Era todavía temprano, la hora en la que las calles aún huelen a pan fresco.

Samuel ingresó en el edificio un poco confuso, pues nunca antes había estado allí. Ya en el interior de una de las dos únicas oficinas de este lugar, Samuel conoció al comandante de la jefatura, el capitán Jairo Lozada, quien lo invitó a tomar asiento frente a su escritorio.

—Se preguntará usted qué esta haciendo en este lugar.

A Samuel le impresionó la forma tan directa de aquel hombre. Un «buenos días» hubiese sido alentador, mas Samuel tan solo respondió:

—Naturalmente, señor oficial.

—Capitán, don Samuel. Capitán Lozada, para servirle.

—Ah, capitán, disculpe usted, no estoy muy familiarizado con estas cosas.

El capitán dibujó una mueca de desaliento en el rostro.

—Lo mandé llamar precisamente a usted, don Samuel, por la muerte de don Fidel Gómez.

—Perdón, capitán. ¿De quién? —preguntó Samuel.

—Ah, no me diga que usted no sabe. Don Fidel Gómez, el hombre encontrado muerto y de rodillas en el confesionario de la iglesia ayer por la tarde.

—¡Bueno! Sí escuché los comentarios de la muerte de alguien en la iglesia ayer, pero de ahí a saber quién era el muerto… Eso sí lo ignoraba. ¿Sabe usted? La verdad es que no conozco a mucha gente en este pueblo. Verá, no hace mucho que mi esposa, que en paz descanse, y yo nos mudamos a este pueblo y…

—Sí, sí, sí… —interrumpió el capitán—. Lo que quiero saber es cómo es que usted no sabe que el muerto era don Fidel. Verá, don Samuel, tengo unos testigos que afirman haberlo visto hablando con don Fidel en la iglesia justo antes de su muerte.

—No recuerdo haber hablado con nadie el día de ayer.

—Ayer, como a eso de las 3:30 de la tarde, en la iglesia.

—¡Mmm! Si usted está hablando del anciano del bastón, entonces sí, pero tan solo nos hicimos un corto saludo porque nos sentamos cerca, mas ni siquiera le pregunté su nombre.

—¿Y sabe usted, don Samuel, de qué murió don Fidel?

Samuel no pudo evitar sentirse incómodo. Una gota de sudor rodó por su medio curva espalda.

—No, capitán Lozada, no lo sé.

El capitán tenía no solo una manera muy directa de formular sus preguntas, sino también un tono incriminador que Samuel intentaba descifrar.

—Pues, la verdad, nosotros tampoco. Lo único que sabemos es que estaba sangrando por la nariz, oídos y ojos, y que había vomitado. Lo peor es que la familia no quiere autorizar un examen de autopsia. Verá, don Samuel, la gente de pueblo tiene demasiado arraigadas sus creencias, y ahora ellos creen que el morir en una iglesia y sin razón alguna es algo así como un milagro, por lo que se han opuesto a cualquier investigación.

—Lo entiendo bien, señor capitán.

—Yo lo único que sé es que tengo dos muertos en un mismo lugar en una semana. Es por eso por lo que necesito comentarle algo privado a usted.

—Dígame, señor capitán.

—Me gustaría pedirle el favor de que me acompañara al hospital y le diera una miradita al cadáver de don Fidel. Entiendo que usted es un médico retirado y me gustaría saber su opinión en cuanto a la posible causa de muerte, para ver si le puedo encontrar una explicación a este problema. Es solo que le dé una miradita. Como le dije, no se ha autorizado una autopsia, y por el bien del pueblo, es mejor manejar las cosas así, créame.

Al escucharse exonerado de cualquier tipo de sospecha que antes tuviese en mente, se sintió más seguro de su posición, con la sartén por el mango. Pensó que sería bueno ganarse la confianza de la única autoridad competente de ese lugar, pero al mismo tiempo decidió guardar la distancia.

—Como usted bien dijo, señor capitán, yo soy un médico retirado, yo ya no practico la medicina, y mi especialización fue siempre la medicina general, no la forense. Vera, capitán, existen muchos rasgos y críticos detalles que separan un dictamen de otro, y yo no me siento en la capacidad de decretar un dictamen de ese tipo, aunque no sea oficial. Eso hay que dejárselo a los médicos forenses. Lo siento mucho, señor capitán, pero me tengo que negar a su petición; además, yo no me siento muy bien con esas cosas.

El capitán Lozada no le quitaba la mirada de encima ni por un segundo, casi como si quisiera leer sus movimientos.

—¡Ah! Entiendo, don Samuel. Lo entiendo, hombre.

Se reclinó hacia atrás en su amplia silla, cruzó los dedos y llevó las manos detrás de su cabeza. Luego observó en silencio unos segundos y, en un espontáneo estallido de energía, se reclinó enfrente del escritorio.

—Está bien, don Samuel. Pues no siendo más, no le quito más de su tiempo. Que tenga un buen día, caballero.

Y fijó su atención en los documentos que tenía enfrente de su escritorio.

Camino a casa, Samuel iba a pasos lentos mientras la colorida vida del pueblo pasaba por su lado. Como quien supera una nueva hazaña, se sintió lleno de valor, pero aquella proeza no era solo suerte para él; era la afirmación de la protección divina que lo sobrecubría, y aquella frase volvió a su cabeza una vez más: «El Señor no nos da una cruz más grande de la que podamos cargar».

Se sintió renovado. Sabía que era el único que podía cargar con aquella cruz, y lo pensaba seguir haciendo sin temor, sabiendo que llevaba consigo la protección de ser el elegido.

Puso su frente en alto, su espalda tan recta como se lo permitieron sus años y camino con pasos cargados de certeza, los cuales perdieron ligereza al pasar justo enfrente del hospital. Las figuras patentes y tristes de ancianos que esperaban sentados en las banquetas lo despertaron de su trance y lo llevaron a la desolada realidad. No solo era en la iglesia; estaban en todos lados: el hospital, la tienda, los cafés, las esquinas… El pueblo entero, sembrado de ancianos. Empezó a verlos en cada lugar al que dirigía su mirada. Mujeres y hombres, rostros envejecidos y cansados, casi inmóviles, como robles al sol, viendo la vida pasar. Volvió a casa seguro de que su labor salvadora, su encomienda divina, apenas comenzaba.

Un lunes por la mañana, silbaba el viento, zumbaban los zancudos y murmuraban las radios canciones de antaño que se fugaban por los balcones. Samuel salió esa mañana con una pequeña bolsa entre las manos caminando apacible pero seguro de su camino. Al pasar por la escuela, lo saludaron los niños. Se detuvo frente a una pequeña y humilde casa, tal vez la más humilde de aquella calle, calle completamente sola, justo como él deseaba que estuviera. Puso la bolsa enfrente de la puerta y golpeó, dio unos pasos atrás y se alejó de forma sigilosa para ocultarse detrás de unos guaduales. Una anciana acudió a la puerta y miró a ambos lados de la calle sin ver a persona alguna. Después, vio la bolsa en el suelo. Extrañada, la recogió y volvió al interior de su pequeña y triste morada. Samuel emprendió su retorno, mas, después de caminar un par de cuadras, se detuvo enfrente de una casa al oír en su interior gritos y alaridos confundidos. Entre ellos alguien exclamaba: «¿Por qué, Señor? ¿Por qué te lo llevaste?». Entre otras tantas turbias frases, Samuel no pudo hacer más que continuar su camino.

El martes, las noticias ardían como cántaro al fuego y se escuchaban de esquina a esquina. «Tres nuevos muertos», se murmuraba. Camino a la iglesia, Samuel oía voces diferentes y de diferentes formas, y aún en el débil silencio del interior del templo los murmullos se paseaban. Al salir de la iglesia, una voz algo familiar lo detuvo.

—Buenas tardes, doctor.

Samuel se dio media vuelta y reconoció al capitán de la policía, que se acercaba a él.

—¡Ah!, es usted. Buenas tardes, señor capitán.

—Ni tan buenas, doctor; más bien algo laboriosas. ¿No ve que se nos está muriendo la gente?

—Me imagino que se refiere a los tres muertos de ayer.

—¡Ah! Mire usted, así que ya se había enterado.

—Vivir en este pueblo y no enterarse de lo que sucede sería como vivir en el campo y no oír a los grillos o a las cigarras hacer ruido.

—Entiendo. Ya sabe lo de aquel dicho: «Pueblo chico, infierno grande».

—Sí, capitán, ya lo conocía.

—Pues si no es mucha molestia, doctor, ¿podría preguntarle qué es lo que tanto ha escuchado sobre el asunto?

—Pues verá, capitán, yo no me relaciono mucho con la gente. Lo único que sé es que hay tres muertos. Es todo.

—Ya veo, ya veo.

—Bueno, capitán, si no le importa, me retiro y le deseo una buena tarde y suerte en su trabajo. Al parecer, va a estar usted muy ocupado.

—Don Samuel, me gustaría recordarle lo del favorcito aquel que le pedí la vez pasada. Ya ve usted: con estos nuevos acontecimientos, me sería muy útil su colaboración.

Samuel frunció el ceño y miró hacia el suelo.

—Que tenga una buena tarde, capitán.

Ese mismo día, al llegar la noche, el calor de la tarde aún se hacía notar. Por alguna extraña razón, Samuel no se sentía solo en casa. Era como si ella estuviera allí, a su lado, hasta el punto de que por, un momento, sintió la necesidad de hablarle. Mientras buscaba figuras en la taza de café, analizaba calmadamente su situación. Pensó que tal vez el capitán de la policía empezaba a despertar sospechas sobre él y que sería conveniente cambiar su estrategia.

El sueño llegó tarde esa noche, como ya era costumbre, pero ese sentimiento de la presencia cercana de Carmen disipó las austeras e insistentes pesadillas, de modo que, al llegar la mañana, se sintió alentado a continuar respirando.

Ese miércoles por la mañana, Samuel se presentó en la oficina del capitán de la policía.

—Buenos días, capitán.

—Buenos días, doctor. ¿A qué debo el honor?

—Me parece que no empezaron muy bien las cosas entre los dos, pero como muestra de mi buena fe, he decidido ayudarlo con el favor que me pidió.

—Excelente noticia. No podía llegar en mejor momento: los cuerpos los recogen dentro de dos horas para los arreglos funerarios, así que aún tenemos tiempo. Vamos, no sea que nos quedemos para siempre con la duda —sonrió el capitán.

Por más que aquellos dos hombres intentaran disimular, había una situación tensa entre los dos. La desconfianza era casi mutua. Ya en la morgue del hospital y valiéndose de lo mínimo necesario, Samuel examinó los tres cadáveres de manera superficial, pues no existía orden o autorización legal alguna que le permitiera examinarlos más a fondo.

Samuel solo lo hacía por ganarse la confianza del capitán y obtener más distancia entre él y cualquier sospecha que se pudiera general con respecto a la muerte de aquellas personas. Pensaba que tener a su enemigo cerca le daría cierta ventaja; además, podría estar al tanto de todo. Pero lo que él ignoraba es que precisamente esto era lo mismo que pensaba el capitán acerca de Samuel: él también tan solo pretendía ganarse su confianza.

—Un problema cardiaco. Tal vez un paro cardiorrespiratorio —dijo Samuel mirando a uno de los cadáveres.

—A esa edad no es algo muy extraño.

—¿Y los otros dos? La pareja.

—Este caso sí es un poco más complicado, teniendo en cuenta que los dos murieron casi al mismo tiempo y en las mismas estancias. Yo me atrevería a decir que fue algún tipo de intoxicación.

—¡Envenenamiento! —exclamó el capitán.

—No necesariamente, pero muy posible. Es casi imposible saber la causa exacta con tan poca información.

—Lo entiendo muy bien, doctor, pero créame: con esto usted ya me quita un peso de encima—. Y sonrió una vez más.

Esa tarde a solas, en su oficina, el capitán movía papeles y organizaba ideas. Algo en su interior le decía que Samuel y la muerte de aquellas personas tenían algo en común. Sabía que el último de los muertos murió rodeado por sus familiares, pero también sabía que Samuel había sido visto cerca de la escuela ese mismo día algo más temprano. Estas sospechas llevaron al capitán a seguir más de cerca y cautelosamente los movimientos de Samuel, hasta el punto de empezar a descuidar un poco su trabajo. Pasaron siete días, el lapso más largo que hasta entonces se había presentado entre un muerto y otro desde que todo había empezado.

En casa, una mañana tranquila de un martes que parecía un martes, no como esos martes que parecen miércoles y huelen a lunes, Samuel tomaba tranquilo su café. Al terminar, tomó con una mano una pequeña bolsa de papel y, con la otra, tomó aquel termo y murmuró en voz baja:

—Solo yo puedo cargar con esta cruz.

Se dio media vuelta y salió de su casa sin la mínima sospecha de ser observado. Caminaba con lentitud y sus pasos parecían saber bien el camino. Al pasar cerca de las pequeñas casa, sentía cómo de ellas se escapaban los olores y sonidos añejos y propios que tienen las casas de pueblo. Cómo ignorarlos revoloteando en el viento si van tan juntos como un buen café y un buen tango.

—Cuartito azul, dulce morada de mi vida, fiel testigo de mi tierna juventud —pregonaba bajo un triste radio.

—Llegó la hora de mi triste despedida. Ya lo ves, todo en el mundo es inquietud —respondió Samuel en voz baja.

Después, dobló en la esquina y poco después lo siguió aquel que lo observaba.

Llego así al final de una calle en donde se recostaban unas con otras las humildes fachadas, quizás las más humildes de todo el pueblo, con desolados patios cercados con guadua. Y allí, en uno de esos patios, a un lado de una improvisada jaula para pollos, encontró a un hombre sentado en el suelo vestido con harapos y con la mirada perdida en la misma tierra, bajo un techo de cartón sobre tejas viejas.

—¡Perro! —susurró Samuel.

El hombre volteó para verlo y recibirlo con una torpe mueca.

Perro Negro era un personaje típico del pueblo. Nadie sabía su verdadero nombre ni edad, de dónde venía ni cuándo apareció en el pueblo, pero todos lo conocían. Es como si siempre hubiese existido. Era uno de los varios locos del pueblo, y pueblo que se respete tiene sus propios locos. Su apodo se debía a una historia que él narraba constantemente, en la cual contaba cómo una tarde vio salir de las puertas del cementerio a un perro negro de dos cabezas, el cual aseguraba que era el mismo diablo.

Perro Negro no tenía dueño ni familia, no tenía hogar o pasado, ni mucho menos futuro.

—Perro Negro, ¿cómo está? —preguntó Samuel.

—¡Ah! Qué más, qué más, qué más… —respondió el hombre.

—¿Qué hace, hombre?

—Aquí… Aquí, mirando.

—¿Qué está mirando, Perro Negro?

—Mirando.

Samuel reparaba en aquel hombre queriendo cerciorarse del nivel de demencia del que sufría. Se acercó un poco más y sintió un fuerte olor a orina humana y suciedad. Sus piernas, manos y espalda estaban cubiertas, con llagas, y entre sus arrugas se acumulaba el sufrimiento de los olvidados y rechazados.

—Perro Negro, ¿usted cómo se llama?

—Ah, sí… Sí yo me llamo así.

—Perro Negro, ¿usted cuántos años tiene?

—¡Años! Ah, sí. Yo tengo años, tengo todos.

—¿Cuándo nació usted?

Perro Negro soltó una fuerte carcajada.

—En el 19, en un año martes. Sí, señor, yo años. ¡Sí, tengo! Claro…

Aquel hombre sonreía como desahuciado. Samuel no tuvo más dudas.

—Perro Negro, ¿ya desayunó?

—Ah, no… No, nada, pero tengo años.

Samuel sacó un pedazo de pan de la pequeña bolsa, le sirvió del líquido que llevaba en el termo y le dio de beber y comer a aquel hombre hambriento e infeliz.

—¡Toma! Es un té especial que libera al cuerpo del alma y de las penas.

Observó entonces cómo aquel pobre hombre se tomaba el mortal líquido, y después se dio media vuelta y se marchó. Mientras, alguien observaba desde las sobras cómo, al pasar de unos minutos, la mano sin vida de Perro Negro dejaba caer al suelo un pedazo de pan. Para ese entonces, Samuel ya había doblado varias esquinas y continuaba su camino a paso lento.

De repente, oyó unos pasos fuertes y rápidos acercarse a él.

—¡Doctor!

Samuel se detuvo de inmediato al reconocer aquella voz. Su pulso se aceleró y un sudor frío recorrió su frente. La persona se acercó y se puso de frente para encararlo.

—¡Capitán! —dijo Samuel con un acento tenue.

—¿Así murieron todos los otros? ¿Fueron sus muertes pasivas? —preguntó el capitán.

La saliva se enterraba en la garganta de Samuel mientras intentaba mantener la mirada fija. Entonces, rápidamente, quiso recurrir al termo para abrirlo y llevárselo a la boca, pero la mano fuerte y tosca del capitán lo impidió, haciendo que el termo cayera al suelo y su letal contenido corriera libre por el pálido concreto.

—Así no, doctor. Yo lo necesito vivo.

—Usted no sabe lo que hace, capitán. Yo tengo una misión, algo que usted jamás entendería.

—No lo crea así, doctor. Tal vez yo sea el único que lo entienda o usted el único que me pueda entender a mí. Es por eso por lo que le digo que lo necesito vivo, así que no intente huir, doctor: no llegaría muy lejos. Disimule, que muy bien lo sabe hacer, y acompáñeme. Necesito mostrarle algo.

Caminaron un par de calles y Samuel se detuvo.

—Creo que se equivoca de nuevo, capitán. La estación de la policía queda en la otra dirección.

—No, mi querido doctor, no me equivoco para nada. Usted tan solo siga caminando, yo le indico cuándo se puede detener —respondió el capitán poniendo las manos sobre la cintura y acomodándose la correa que sujetaba su revólver.

Caminaron entonces varias calles para al fin detenerse enfrente de una casa de ladrillo y cemento con las paredes amarillas, un jardín amplio y ventanas con rejas de barandas blancas, un estilo algo más contemporáneo a lo que se veía en el resto del pueblo. El capitán hizo una señal para que Samuel se acercara a la puerta y él lo hizo sin oposición alguna.

Al entrar a la casa de pasillos amplios y baldosas brillantes, fueron recibidos por una mujer de avanzada edad a quien el capitán saludó como si fuera su propia madre. Después ingresaron en una habitación en la que había un escritorio con dos sillas. También, un mueble grande, un sillón y libros por todos lados, incluso en el suelo, y cuadros con varios tipos de reconocimientos personales.

—Siéntese —dijo el capitán.

Samuel obedeció y el capitán cerró la puerta del cuarto, camino alrededor del escrito, se quitó su revólver, lo puso sobre la mesa y tomó asiento enfrente de Samuel, quien no podía hacer más que observar callado.

—Doctor, doctor, doctor... —dijo el capitán, acompañando aquellas palabras de un suspiro que recorrió toda la habitación—. Qué cosas, ¿no?

—¿Para qué me ha traído aquí? Deberíamos estar en la jefatura de la policía, ¿no?

—¿Para qué, doctor? Siempre con tanto ruido y tanta gente que entra y sale. ¿Para qué? ¿Acaso no le parece que estamos más cómodos aquí? Más bien dígame, doctor, ¿le puedo ofrecer algo de tomar? ¿Qué tal un té? —sonrió el capitán con una mueca sarcástica.

—No me diga, capitán. Ahora resulta que usted es de los que se llevan el trabajo a la casa.

—Solo cuando se trata de algo muy personal, doctor.

—No entiendo cómo esto tiene que ver en algo personal con usted.

—Claro que sí lo es, doctor, pero antes de que se lo explique, dejemos todo muy claro. Yo sé que usted y yo somos de esos hombres a los que no les gusta andar con rodeos, que les gustan las cosas claras, así que pongamos de una vez las cartas sobre la mesa. Yo sé que es usted el asesino en los dos casos de muerte de la iglesia, de la pareja que vivía al pasar la escuela y recientemente de Perro Negro. Lo sé porque lo sé, así como sé que en este momento estamos los dos sentados uno enfrente del otro. Técnicamente es el culpable de todas las muertes recientes en este pueblo, sin incluir la del hombre que murió de un paro cardiorrespiratorio y rodeado por su familia. Ha estado ocupadito, doctor.

El capitán hizo una pausa, sonrió y se acercó más a la mesa.

—Lo que sí ignoro, doctor, es si fue usted también el asesino de su propia esposa.

Samuel agachó la mirada.

—Si lo que quiere es una confesión, se la daré con gusto, capitán, pero en la jefatura de policía. Aunque si ya sabe toda la verdad, ¿por qué no nos ahorramos tiempo los dos y me encierra de una vez?

—No se apure, doctor, y déjeme. Le repito que estamos en confianza.

—¿Por qué me trajo aquí?

—Está bien, doctor. ¿Para qué ponernos con rodeos? Vamos al grano. Ya que estamos al tanto los dos de la situación, primero quiero saber el porqué de los asesinatos.

—Se lo dije, capitán: yo tengo una misión, una misión divina que usted no podría entender.

—Lo escucho, doctor.

—No tiene sentido; pero se lo explicaré por si en algo sirve el que usted lo sepa. Yo no soy un simple asesino. Lo que yo hago con mis acciones es llevar a cabo un acto de caridad, de salvación. Yo libro a los que sufren de sus penas y sus males. Los libero.

—¿Está diciendo que usted es algo así como un salvador?

—Ninguno de ellos, incluyendo a mi esposa, tenían futuro ni esperanza. Ellos querían descansar; necesitaban dejar de sufrir, pero no sabían cómo ni podían por sí mismos. Mi mano no es nada más que un instrumento y solo yo puedo cargar con esta cruz.

—Lo entiendo, lo entiendo muy bien, doctor.

—No, no creo que lo pueda entender.

—Se equivoca, lo entiendo, y es precisamente la razón de por qué lo traje a este lugar.

Hizo una corta pausa, suspiró lentamente y dijo:

—Necesito que usted haga algo por mí: necesito que salve a alguien.

Samuel se quedó inmóvil, absorto.

—Verá, doctor, comparto su punto de vista y creo que ha sido una razón del destino que usted y yo nos cruzáramos en el camino. Debido a mi cargo y al uniforme que porto, me sería casi imposible permitirle continuar con sus planes en este pueblo, pero resulta que ahora nos encontramos en el interior de mi casa. Aquí ya no soy el comandante de la policía, ¿me entiende? Aquí solo soy un hombre en su casa, y lo que pase en el interior de ella quedará aquí, no saldrá de ella. Como le dije antes, doctor, tranquilo, que estamos en confianza.

Sonrió de nuevo con aquella mueca que ya empezaba a parecerle familiar a Samuel.

—¿Y si me niego?

—¿Y por qué habría de hacerlo? Su libertad y lo que le queda de vida depende de ello; además, ¿por qué ha de negarse a lo que usted mismo dijo llamar su misión?

—Usted quiere que yo mate a la mujer que nos recibió al llegar a la casa, quien asumo que es su propia madre.

—No se trata de matar, doctor; se trata de salvar usted mismo lo dijo. Y no, no quiero que salve a mi madre, a ella todavía le quedan fuerzas para esperar que le llegue su hora en paz.

—¿Entonces?

El capitán se separó de la mesa, tomó su arma en las manos, se dio media vuelta y, con su mirada perdida entre los libros, dijo en voz baja:

—Quiero que salve a Simón.

—¿Quién es Simón?

—Sígame, doctor.

Salieron de la habitación y cruzaron un pequeño pasillo, al final del cual el capitán abrió la única puerta a la que comunicaba el pasillo. Una luz tenue escapaba del interior de la habitación. Al ingresar en ella, Samuel rápidamente identificó a la madre del capitán con un pocillo y una cuchara entre las manos, parada junto a una silla mecedora que miraba hacia la pared contraria y en la que se podía ver un cuerpo postrado.

—Déjenos solos, madre. El señor aquí presente es un doctor y viene a revisar la condición de Simón.

La mujer miró a Samuel y este forzó una pequeña sonrisa. La mujer accedió sumisamente. Al estar solos, el capitán se acercó al frente de la silla, miró a la persona que estaba en ella y, con un movimiento de cabeza, le señaló al doctor que se acercara. Allí Samuel observó la figura de un hombre joven e inmóvil. Su contextura pálida y delgada hacía resaltar casi todos los huesos de su cuerpo; su boca entreabierta, por donde se deslizaba una saliva que llegaba hasta su barbilla; y la mirada completamente perdida en lo alto del techo, como mirando hacia el infinito.

—Este es Simón, mi hijo.

—¿Qué tiene su hijo? ¿Por qué está en este estado?

—¡No lo sé! Bueno, la verdad es que nadie lo sabe. Simón lleva en este estado desde que era un bebé.

—Lo siento mucho, capitán. Ignoraba que usted tuviese familia.

—Se equivoca, doctor. Yo no tengo familia, tan solo a mi vieja madre y a Simón. Bueno, a su cuerpo; de él no tengo nada más.

—¿Y la madre?

—La madre de Simón nos abandonó a los dos cuando él era un bebé. Se fue con otro hombre. Tal vez se cansó de cuidar a un niño que no tenía futuro o tal vez se cansó de mí.

—Me apena.

—Al principio, fue muy difícil para mí aceptar la condición de Simón, así que me refugié en mi trabajo, descuidando todo lo demás.

—¿Cómo es posible que no sepan qué es lo que tiene Simón?

—Lo mismo me pregunté por años. Yo mismo llevé a Simón a ver varios doctores, especialistas, curanderos, brujos y santos. Usted escoja, pero, a pesar de todos los esfuerzos, nadie nunca me pudo dar una explicación ni una esperanza, y aquí estoy. Es por eso por lo que ahora recurro a usted, para que usted libere a Simón de tantos años de sufrimiento.

—No, capitán, yo no puedo.

—Cómo que no, doctor. ¿Acaso no es lo que usted ha estado haciendo, calmando el sufrimiento de aquellas personas?

—Esas personas eran todas ya muy ancianas, con poco tiempo de vida. Simón es todavía muy joven.

—Quince años, doctor, quince años lleva Simón encerrado en su propio cuerpo, atado a una silla. No me diga que es poco sufrimiento. No es cuestión de edad. Simón no tiene futuro, así como aquellos de los que usted dijo que tampoco lo tenían. También lo hizo por su esposa, ¿no?

—No lo hice por decisión propia. ¡Ella me lo pidió! —gritó Samuel.

—Pues yo se lo estoy pidiendo ahora. Yo, porque Simón no puede hacerlo por sí mismo.

Hubo un minuto de silencio. El capitán miró a Samuel y Samuel miró hacia el suelo.

—Doctor —suspiró profundamente el capitán, y después continuó—. Al principio, soñaba con que algún día regresara a casa del trabajo y ser recibido por un hijo que corriera a mis brazos, que todo esto fuera una mentira y Simón, un niño normal, ¡pero no! Nunca pasó y nunca pasará. Son quince años y nunca me ha llamado «papá» y nunca me ha llamado nada porque ni siquiera conozco su voz, ni yo ni mi madre, quien me ha ayudado a cuidarlo todos estos años. Solo sabemos que defeca y orina, que a veces parece despierto y a veces parece dormido, y eso es todo; nunca sabremos si está bien o cuánto sufre. Ahora le pregunto a usted, doctor: ¿son acaso quince años muy poco?

—No lo sé, capitán.

—¿Qué hay de su misión y de su deseo por salvar a los que sufren?

—Necesito pensar —dijo Samuel mientras intentaba esquivar la imponente mirada del capitán.

—Está bien, doctor. Piense en lo que tenga que pensar. Le doy unos minutos, pero recuerde que usted es la única persona que puede ayudar a Simón.

El capitán salió del cuarto y dejó a Samuel y a Simón a solas. Samuel entrelazaba las manos, las empuñaba y miraba su argolla de matrimonio.

—Carmen —susurró en voz baja.

Las motas de polvo que flotaban en el aire y se hacían visibles al pasar por los rayos de luz que se filtraban por las rendijas de una pequeña ventana. El tiempo se diluía.

—El Señor no nos da una cruz más pesada de la que podamos cargar. Tal vez ha llegado el momento de pasar mi cruz —murmuró Samuel al silencio.

La puerta se abrió de nuevo.

—Espero que ya haya tomado una decisión, doctor.

Samuel miró al capitán y dijo:

—Voy a necesitar varias cosas.

—Muy bien, lo acompaño a su casa.

—No es necesario. Los ingredientes más importantes están fuera, en su jardín. Los vi al entrar a su casa.

Aquella tarde, una tarde de verano en la que el calor estuvo ausente, una brisa fresca se colaba por entre las ventanas mientras en la cocina del capitán Lozada, en una pequeña y vieja chocolatera, Samuel cocinaba un mortal té con olor a jazmín. El capitán no perdía de vista los movimientos de Samuel, pero claramente se notaba la incertidumbre que lo mordía por dentro. Apretaba sus labios y su mirada se perdía momentáneamente, tal vez hundido en un sentimiento de culpa.

—Doctor, prepare suficiente veneno para tres.

Samuel se detuvo por un momento, miró su argolla y continuó su trabajo como quien escucha una noticia que ya esperaba oír.

«Oh, Carmen, ¡cómo pude equivocarme!», pensaba Samuel. «Cómo pude equivocarme al juzgar a este demonio que se esconde tras la fachada de hombre desesperado, de hombre de manos abiertas y no de puños cerrados. Cómo no me di cuenta de su calculadora mente, capaz de haberme descubierto. De entre tantos ojos pasajeros, solo los suyos alcanzaron a ver en mí señales ocultas. No solo me descubrió; ahora juega conmigo y me usa como si todo fuera su plan desde un principio, e irónicamente me dice: "Té para tres". No importa el final, Carmen. En él no existe un beneficio para mí y tal vez este sea mi pago a esta cruz de pecados. Si él, su madre y su hijo toman el té, yo seré la mano asesina y quien cargue con las culpas. Y si, en cambio, nos da de beber el té a su hijo, su madre y a mí, él se estará asegurando de terminar con la carga que es para él su hijo, del asesino de ancianos y de cualquier testigo».

—Té para tres —dijo en una mesa para cuatro.

Samuel tomó entonces tres pocillos y los puso enfrente de él. Una brisa un poco más fuerte de lo normal se coló por la ventana y Samuel se sintió en compañía de Carmen como cuando se disponía a servir el café en casa. De repente, alguien llamó a la puerta de la casa. Los dos hombres se miraron mientras se escuchaban los pasos lejanos de la madre del capitán, quien acudía a la puerta. Ellos permanecieron inmóviles.

—Jairo —se escuchó la voz de la madre del capitán desde el interior de la casa.

—Jairo, mijo, que lo necesitan del trabajo.

—Ya voy, madre. Que me esperen un momento.

El capitán miró a Samuel a la cara y dijo:

—No se mueva, doctor, ni haga nada extraño. Ya regreso. Voy a atender la puerta.

—Bien pueda, capitán.

El capitán acudió a la puerta y vio a uno de sus oficiales, que lo esperaba afuera.

—¿Qué pasó, Jiménez?

—Mi capitán, con la novedad de que encontraron a un muerto.

—¿A un muerto?, ¿en dónde? ¿Y saben quién es?

—En las calles de abajo, mi capitán. A Perro Negro, el loco.

—¡Perro Negro!

—Sí, señor.

—Mire, Jiménez, ahora no puedo llegar a la jefatura. Necesito que usted se encargue de este asunto y yo llego allá en un par de horas.

—Entendido, mi capitán.

Al regresar a la cocina, el capitán encontró a Samuel con los tres pocillos ya servidos. Antes de que el capitán pudiera pronunciar alguna palabra, Samuel preguntó:

—Entonces, ¿ya se enteró el pueblo?

—Tal parece.

—Bueno, la verdad no me sorprende.

—Ni a mí tampoco. ¿Cómo va todo?

—Ya está todo listo.

—Bueno, entonces no le demos más largas al asunto.

El capitán movió la cabeza señalándole a Samuel que fueran a la habitación. Al llegar a la puerta, le ordenó detenerse y llamó a su madre. Se acercó a ella y le habló al oído. Mientras lo hacía, con la mano apretaba uno de sus arrugadas y cálidas manos mientras que con la otra acariciaba su grisáceo pelo. Samuel no pudo escuchar nada de lo que el capitán le decía a aquella mujer, solo la última palabra: «gracias». La mujer se alejó en dirección a la oficina del capitán como quien sigue una orden.

—Ahora sí, ya podemos entrar.

Los dos hombres entraron al cuarto y el capitán cerró la puerta. Samuel dedujo que entonces la madre del capitán no tomaría el té. Al entrar a la habitación, puso los pocillos en la mesa.

—Entonces, capitán, ¿cuál es su plan?

—¿Sabe, doctor? Hay algo que he admirado de usted desde el momento en que me di cuenta de lo que estaba haciendo, y es su valor para vivir con el cargo de conciencia. Tal vez sea la convicción de que lo que usted hace. Es una misión divina, un bien. ¡Ojalá fuera tan fácil para mí! Pero no, yo no soy como usted.

Verá, doctor: una vez, hace mucho tiempo, tuve que matar a un hombre. Gajes del oficio, cosas que pasan. El caso es que pensaba que nunca lo iba a poder superar; es más, todavía tengo mis noches de pesadillas de vez en cuando. Usted sabe cómo es eso.

—¡Ah!, entiendo, capitán. Usted no quiere vivir con este cargo de conciencia, así que el plan es que tomemos el té los tres.

—Exacto, doctor. Ya está decidido.

—Ya veo. —Suspiró profundamente—. En ese caso, capitán, y después de todo lo acontecido, tan solo me gustaría pedirle una cosa.

—Dígame, doctor, estamos en confianza —dijo sin que esta vez se dibujara en su rostro aquella absurda mueca.

—Quiero ser el primero en tomar el té.

—Lamentablemente, no le puedo conceder eso, doctor.

—¿Por qué no? ¿Por qué razón he yo de ver morir a su hijo y no usted? Al fin y al cabo, este es su plan.

—El primero en tomar el té será Simón para estar seguros de que no haya ninguna complicación. Una vez que él esté descansando y libre de todo esto, entonces los dos tomaremos el té al mismo tiempo.

Samuel adquirió un tono mucho más serio, tomó uno de los pocillos, se lo ofreció al capitán y le dijo:

—Muy bien, capitán. Entonces, ¿por qué no hace usted los honores? Creo que yo ya he hecho demasiado.

El capitán observó el pocillo, mas se negó a recibirlo.

—Ya siento que tengo las manos demasiado sucias al estar aquí, creo que esto le corresponde a usted —replicó Samuel.

El capitán puso las manos en su cinturón y buscó su revólver.

—Yo insisto en que lo haga usted. Después de todo, usted es el experto.

—Me niego, capitán. Desde que entré a esta casa, abandoné toda esperanza, así que su revólver no me es una amenaza; más bien, una salida rápida a todo. Además, este es su plan y Simón es su hijo.

El capitán exhaló aire fuertemente, quitó la mano de su revólver y tomó el pocillo. Samuel se hizo a un lado y notó cómo la respiración del capitán se aceleraba y hacía eco en toda la habitación. Lo pensó por un momento antes de dar su primer paso. Cada uno de ellos lo sentía más pesado que el anterior. Sentía que le temblaban las rodillas y podía escuchar fuertemente el palpitar de su corazón. Se detuvo frente a Simón, quien miraba hacia el techo sumergido en su burbuja sin sentido en la cual no existía el tiempo. Por un instante, el capitán tuvo la sensación de que Simón lo miraba a él y sus ojos se empañaron. Pero la realidad de la visión perdida de Simón le hizo darse cuenta de que aquella esperanza tan solo existía en su mente. Cerró los ojos empañados y por unos instantes le pareció ver su vida revelada ante sí por un segundo. Al abrir de nuevo los ojos, se dio cuenta de que las manos le temblaban y de que había derramado un poco del té. Entonces, se acercó aún más a Simón y le puso la mano izquierda debajo del mentón con algo de presión, lo que obligó a la cabeza de Simón a irse hacia atrás. Luego le abrió la boca y, con la otra mano, empezó a verter aquel letal cóctel en su boca. Él, lentamente, lo digirió. Al principio, pareció tener dificultad para beber. pero rápidamente sus reflejos le abrieron paso a aquel líquido. Al haber vertido todo el contenido del pocillo, el capitán puso la mano sobre la boca de Simón. Cabían años, casi eternidades, en aquellos siguientes minutos.

De repente, Simón comenzó a convulsionar. El capitán dejó caer el pocillo al suelo y sujetó la frente de Simón con la otra mano. Sus ojos se movían bruscamente, como queriendo decir algo, gritar algo, queriendo escapar. Era difícil distinguir entre las dos agitadas respiraciones. De pronto, una espuma blanca empezó a salir de la boca de Simón. Era muy poca, pero era imposible para el capitán ignorar su presencia. Dos gotas de un líquido claro y cálido cayeron sobre la mano del capitán, y fue allí en donde se dio cuenta de que estaba llorando. Sus manos ya no podían más con la fuerza de aquella tortura justo cuando Simón paró de convulsionar y su corazón dejó de palpitar.

Samuel observó callado y vio en el capitán un rostro como el de un niño por el que corría un llanto mientras se mordía los labios como queriéndolos devorar. Con gran dificultad se escaparon de entre aquellos labios una frase sorda: «Descansa, Simón».

Aquella imagen era demasiado para Samuel. Sentía una gran presión en el pecho que casi le impedía respirar. Un escalofrío en las manos y en el rostro, un calor infernal. «Esta no es mi cruz», dijo en voz baja.

Se miró las manos y no las pudo reconocer. Le parecía mirar las manos de un extraño. Apenas si pudo reconocer su argolla de matrimonio.

—¡Carmen!

Levantó su mirada para ver al capitán y este lo miró a él. Entonces, en un arrebato veloz, Samuel se abalanzó hacia los pocillos, tomo uno de ellos y se bebió íntegro todo su contenido.

—¡No! —exclamó el capitán.

—Todavía no.

Samuel cayó de rodillas al suelo y dejó que el pocillo resbalara de las manos. Con la mirada perdida en el suelo, murmuró:

—Si en verdad hubiera salvado a otros, ¿por qué carajos no me pudiera salvar a mí mismo? Pero no, no puedo…

El capitán tomó el último pocillo, miró a Simón ya sin vida y volvió la vista de nuevo a Samuel.

—Si no nos espera algo mejor después de esto, esa no es razón suficiente para quedarnos.

Y bebió el contenido del pocillo, se acercó a Samuel y le dijo:

—¿Sabe a qué tengo miedo, doctor? A vivir lo que usted ha estado viviendo y que yo ya viví antes: a vivir en la culpa; con culpa y remordimiento.

Samuel se movía con dificultad y respiraba agitado. Con gran esfuerzo habló, y con palabras enredadas dijo:

—Yo lo sé, capitán. Pero yo ya cargué mi cruz y ahora se la dejo a usted. Es por eso por lo que yo me voy y usted se queda.

Al terminar las que fueron sus últimas palabras, el cuerpo de Samuel se sumió en un solo temblor. Sus palpitaciones se elevaron y una espuma blanca salió de su boca. El rostro del capitán dibujó tantas cosas a la vez que era imposible de descifrar algo. Se lanzó contra Samuel, lo tomó de la camisa y la apretó fuertemente.

—Samuel, ¿qué ha dicho? Samuel, ¡hábleme! —gritó, pero el cuerpo casi sin vida de Samuel se llevaba consigo su último secreto. El capitán soltó el cuerpo y fue a recoger el pocillo, del cual él había bebido. Lo olió. Después, olió el pocillo de Samuel y percibió una pequeña diferencia en su aroma.

—¿Cómo es posible? ¿Y en qué momento?

Se quedó inmóvil y recordó el único momento en el que había dejado a solas a Samuel para ir a ver a su subordinado en la puerta de la casa.

—¡Maldita sea! ¿Cómo no me di cuenta y cómo fue que no revisé los pocillos antes?

Miró con ira el cuerpo sin vida de Samuel y después volvió la mirada a Simón. Las motas de polvo volátiles atravesaban los rayos de luz.

Él fijó entonces su mirada en ellas. De pronto, una pequeña y extraña sonrisa se empezó a dibujar en su rostro, la cual empezó a sufrir una metamorfosis casi inesperada y aterradora, y acabó transformándose en una carcajada que retumbaba por las cuatro pálidas paredes. Reía y reía sin parar y sin sentido. Luego hizo una pausa y dijo en voz alta:

—Usted me va a perdonar, doctor, pero esa cruz no la cargo yo.

Esa tarde, tarde lenta de verano, tarde de mosquitos zumbadores y de radios melancólicos, una tarde de perros vagabundos y de ancianos en la iglesia, esperando quizás a un salvador. Tarde de contrariedades.

Esa misma tarde, en el interior de una casa de paredes amarillas, ventanas con barandales y un jardín florecido, resonó explosivo un disparo seco seguido por el llanto de una anciana, cerrando así el final de una historia de múltiples versiones que se contradecían una con la otra y que deambulaban por las calles del pueblo.

En una de las versiones, el capitán de la policía era un asesino en serie de ancianos, y un día después de asesinar a un doctor en su propia casa, no pudo más con el cargo de conciencia y se suicidó.

En otra, el asesino era el viejo doctor; y en otra versión, ninguno de ellos lo era, pues el asesino se había dado a la fuga después de matar al capitán y aún andaba suelto. También había quienes todavía creían que las muertes en la iglesia eran obra de milagros. En lo que ninguna versión se ponía de acuerdo era en la existencia del joven en la silla mecedora, a quien nadie conocía.

Las contradicciones nos llevan a lugares y finales inesperados. Es tal vez la forma en que la vida juega con nosotros, con esta vida nuestra que no nos pertenece.

UN ÚLTIMO COMUNICADO

Will nunca fue un niño modelo. Nunca fue el mejor de su clase ni sobresalía en ninguna actividad ni deporte; ni mucho menos era popular con las chicas. Pero si algo bueno tenía Will era su determinación, y eso lo sabía muy bien su abuelo, quien al igual que Will, siempre fue un hombre muy determinado. Un año atrás, la vida de Will había sufrido un giro drástico con la muerte de su madre en un accidente automovilístico, cambio que era evidente para su abuelo, quien periódicamente buscaba formas de distraer un poco a Will.

Un jueves de agosto y lluvia, el abuelo le pidió a Will que lo acompañase al garaje para que le ayudara a organizar algunas cosas. Él pensaba que tal vez Will se podría sentir sorprendido con alguno de los tantos objetos que el aún guardaba de la época cuando era joven y formaba parte del ejército. El garaje estaba lleno de cajas apilonadas y objetos que colgaban de las paredes, estantes y sobre las viejas mesas.

—Sería bueno organizar un poco y hacer espacio. Hay demasiadas cosas viejas aquí —dijo el abuelo, y continuó—. Algunas de estas cosas aún funcionan, no te dejes confundir por el polvo y las telarañas.

El abuelo se abría paso entre las cosas mientras Will miraba inmóvil.

—Pero ¿a qué esperas? ¿Te vas a quedar ahí parado? A ver, mira entre las cosas, tal vez con algo de suerte encuentres algo que te llame la atención.

Will se acercó a las cajas y cajones. Todo parecía muy viejo, pero de alguna forma en buena condición. Paseó las manos por las viejas cantimploras y uniformes que colgaban de los ganchos. Su abuelo lo miraba de reojo, pero él no parecía interesarse por nada en especial. De pronto, se detuvo y señaló una mesa sobre la que se encontraban varios objetos y preguntó:

—¿Qué es eso?

Su abuelo levantó la mirada hacia la mesa y respondió:

—¿Qué cosa?

—Aquella caja con muchos botones.

—¡Ah! Te refieres a la radio; eso es lo que es. Una radio de comunicaciones militar. ¡A ver!

Se acercó al aparato y buscó a su alrededor.

—En algún lugar debe de estar el auricular —dijo mientras movía las cosas alrededor—. ¡Ah! Aquí está, este es el auricular. ¿Lo quieres probar?

Will frunció las cejas y levantó los hombros.

—Está bien —respondió Will.

El abuelo acomodó la radio en la mesa y le conectó el auricular y el micrófono.

—En mis días, yo era el encargado de operar estas radios, pero, al parecer, este está completamente muerto. Tendremos que conectarlo a la corriente y dejarlo cargar.

—Está bien —dijo Will.

Al día siguiente llovió sin parar. Al regresar de la escuela, Will entró en su casa con el agua escurriéndole de la cabeza a los pies y encontró a su padre en la sala.

—Sécate, Will. Te vas a resfriar —dijo su padre desde la sala.

Will no respondió; tan solo comenzó a quitarse su chaqueta.

—Esta maldita lluvia no cesa y ya me quiero ir.

—¿Adónde vas? —preguntó Will.

Will y su padre siempre mantuvieron una relación muy seca y alejada. Debido a que su padre trabajaba en los pozos petroleros, siempre estuvo muy ausente de casa, y aun al regresar después de varias semanas de trabajo continuo en altamar, pasaba mucho tiempo en un viejo bar con sus amigos bebiendo hasta tarde, algo que había empeorado aún más desde la muerte de la madre de Will.

—¡Voy al bar un rato! Si no para de llover, me tendré que ir así. Esta maldita lluvia no me va a detener aquí encerrado.

—Nunca nada te ha detenido para ir a beber, ni siquiera la muerte de mamá,

—¿De qué está hablando, Will?

—¡Nada!

—No creo que sea nada. Si tienes algo que decir, solo dilo. Como un hombre.

—Tal vez lo que quieres decir es que si tengo algo que decir, lo haga ahora, mientras estás sobrio.

—¿Acaso estás diciendo que soy un borracho? —replicó fuerte su padre mientras se paraba de la silla en la que estaba sentado.

Will quería ir a su cuarto, pero, para hacerlo, tenía que pasar por un lado de su padre, así que se dio media vuelta y se dirigió a la cocina.

—¿Y ahora me dejas hablando solo? —gritó su padre desde la sala—. ¿Ese es el respeto que me tienes?

Will tomó un tarro de mermelada y unas rebanadas de pan, y empezó a bajar por las escaleras hacia el garaje mientras su padre aún gritaba cosas desde la sala. Ya en el garaje, se hizo campo entre las cosas viejas, se sentó y fingió ignorar los gritos de su padre, los cuales aún podía escuchar, pero ya más leves. Entonces, abrió el tarro de mermelada y, mientras saboreaba un poco, se enfocó en la lluvia que golpeaba las ventanas y la puerta del garaje, y estuvo así por unos momentos. De pronto, el ruido de una señal de interferencia de radio se oyó a través del lugar. Will pensó que estaba equivocado al escuchar este ruido, pero se repitió una vez más. En ese momento, Will recordó la vieja radio militar que su abuelo había dejado cargando el día anterior. Rápidamente, miró hacia la mesa y vio la vieja radio, callado e inmóvil.

Will frunció las cejas y volvió su mirada hacia el tarro de mermelada, pero de nuevo el sonido de la radio se escuchó fuerte y claro. Miró rápidamente a la radio y esta vez pudo ver cómo una pequeña luz se encendió y la aguja de canales se movió de un lado al otro momentáneamente.

Pudo escuchar algo de estática por unos segundos y después solo hubo silencio.

Will pensó que tal vez se debía a la tormenta, pero la lluvia ya casi se había detenido por completo. Oyó entonces unos pasos sobre el segundo piso y cómo la puerta de enfrente de su casa se cerraba. Segundos después, escuchó el auto de su padre encenderse y supo que se marcharía, así que decidió que era hora de subir a su cuarto.

—Chchchc… Charlie… Chch… Charlie.

Una leve voz saturada se escuchó por la estática del parlante. Era inconfundible: el sonido provenía de la vieja radio. Will se acercó.

La radio parecía muerta. Todos los botones y luces indicaban lo mismo; incluso el botón de encendido se encontraba en la posición de apagado. «No puede ser», se dijo a sí mismo, así que giró el botón de encendido hacia la izquierda, la pequeña luz se encendió, la aguja empezó a moverse y la estática se escuchó de nuevo.

—Chchchch…

Will movió varios de los botones y de las perillas, pero no consiguió escuchar nada. Decepcionado, puso los dedos en el botón de encendido y, justo antes de darle vuelta, oyó:

—Chchch… Charlie. , ¿me escuchan? Cambio… Chchch.

«Base Charlie». Will se preguntó a sí mismo: «¿Qué es "Base Charlie"?». Sonaba como algún tipo de lenguaje militar, pero Will sabía bien que no existían bases militares cercanas a su casa, así que se preguntó también de dónde podría provenir aquella señal. No se resistió y tomó el auricular. La radio se había quedado en silencio.

Presionó el botón para abrir el canal, llevó el micrófono cerca de la boca y dijo:

—Hola.

Pero solo hubo silencio. «¡Qué tontería!», pensó, y puso de nuevo el auricular encima de la mesa.

—Chchchch. Punto Delta a base Charlie, ¿me escucha?

Will se tiró hacia atrás, respiró profundo por unos segundos y tomó de nuevo el micrófono.

—Escucho —dijo Will.

—Necesito que se identifique.

Esta vez la radio se escuchó más fuerte y claro. Will estaba casi inmóvil.

—Base Charlie, responda.

Will intentaba pensar con mucha concentración, como si quisiera trasmitir todos sus pensamientos en uno.

—¿Base Charlie?

Will se llevó el micrófono a la boca y respiró profundo.

Ta, ta, ta… Unos fuertes golpes retumbaron en la puerta del garaje. Will saltó asustado y soltó de inmediato el micrófono.

—Will, no salgas de la casa. Volveré temprano —gritó su padre desde el otro lado de la puerta. El corazón de Will todavía estaba exaltado; su respiración, agitada. De repente, se sintió como si estuviera siendo observado. Rápidamente apagó la radio y subió por las escaleras hacia la cocina.

A la mañana siguiente, mientras desayunaba, su abuelo dijo:

—Tenemos que recoger algunas ramas quebradas y arbustos que dejó la tormenta en el tejado y alrededor de la casa. Estaré en el garaje esperándote mientras terminas de desayunar.

Al bajar al garaje, Will vio a su abuelo organizando algunas cosas.

—¿Sabes, Will? Revisé la radio que dejamos cargando y aún parece muerta. Qué mala suerte. Tal vez ya no sirva más.

—Tal vez, tan solo esté dañado el medidor de la batería.

—No lo creo, Will. Intenté encenderlo, pero no paso nada. ¡Mmm! En fin, mira, llevaremos este rastrillo y usaremos la carreta que esta detrás de la casa —dijo el abuelo mientras empezaba a subir por las escaleras. Will se agachó para recoger el rastrillo y, de pronto, oyó el sonido de la interferencia. Chchch… Levantó la mirada y pudo ver cómo una pequeña luz se encendió y se apagó de nuevo en la radio.

—¡Abuelo!

—Sí —respondió su abuelo ya desde el último escalón.

Will suspiró mientras veía a la radio tan callado como antes.

—Nada —dijo Will, y empezó a subir las escaleras. Horas más tarde, Will bajaba por aquellas mismas escaleras sucio, cansado y con el rastrillo en la mano. Quiso entonces colgar el rastrillo en un gancho de la pared.

—Chchch… Base Charlie, responda…

Los ojos de Will se guiaron automáticamente por el sonido, un sonido fuerte y claro. Vio entonces como una pequeña luz tiritaba en la radio.

—Base Charlie, responda.

Will se acercó. La radio se encontraba en posición de apagado. Sin pensarlo mucho, tomó el micrófono y dijo:

—Escucho.

Sin mucho que decir, pero con mucha decisión, Will esperó unos segundos.

—Este es un canal privado, identifíquese.

Will no sabía qué decir, pero su determinación lo obligaba a actuar. Miró a su alrededor y vio un viejo uniforme de su abuelo colgado en un gancho y con todas sus respectivas insignias.

—Este es un canal privado, identifíquese —repitió la voz que provenía de la radio. Guiado por los uniformes y las historias militares que le había contado antes su abuelo, tomó el micrófono y dijo:

—Corporal Thomson, segundo batallón, base Charlie.

Will pensó que tendría sentido usar el antiguo rango que había alcanzado su abuelo junto con su apellido. Recordó que en las historias de su abuelo este siempre mencionaba el segundo batallón o algo parecido y lo de base Charlie. Es con quien se estaba intentando comunicar la persona al otro lado de la radio, así que esta combinación debería de funcionar.

Will esperó una respuesta, pero el tiempo corría en silencio. Diez segundos se convirtieron en treinta y luego en un minuto, y pasaban los segundos en silencio. Pensó entonces que no funcionaría, dejó el micrófono en la mesa y se puso de pie para dar media vuelta.

—Corporal Thompson, ¿en dónde diablos ha estado? Llevo horas intentando establecer comunicación.

Will se giró.

—Este es el Grupo de Observación Delta Dos. Chchchch… Nos encontramos en el punto Alfa Alfa; repito, punto Alfa Alfa. Chchch… Comenzamos movilización al punto Alfa Eco, espere reporte a las veintitrés horas. cambio y fuera.

Will tomó el micrófono rápidamente.

—Fuera.

Y la radio quedó en silencio. Will estaba muy familiarizado con el horario militar. Tomó la radio y todos sus componentes entre las manos y atravesó sigilosamente la casa hasta llegar a su cuarto. Esa noche, a las diez y cuarenta y cinco, Will esperaba sentado en el suelo de su cuarto con la radio enfrente de él, contando los minutos mientras la radio seguía muda e inmóvil. Llegó entonces la hora esperada y el silencio también estuvo allí. Pasaron diez minutos de más y la radio aún seguía en silencio mientras Will se preguntaba: «Las veintitrés horas son las once p. m. ¿Por qué no llaman ya? Son más de las once. ¿Acaso los militares no deben ser muy puntuales? ¿Tal vez la señal no pueda llegar aquí a mi cuarto? No tiene sentido, es un área más abierta que el garaje».

Estas y otras preguntas se hacía Will mientras esperaba, pero sus ojos cansados iban cediendo al sueño.

—Base Charlie, base Charlie, ¿me recibe? Chchch…

Will se levantó sobresaltado, vio la radio y luego vio la hora en su reloj de pared: las 12 p. m., las veinticuatro horas. De golpe, la aclaración llegó a su mente: era el cambio de hora debido al invierno, así que rápidamente tomó el micrófono.

—Aquí base Charlie, copio.

—Corporal Thompson, ¿es usted?

—Afirmativo.

—Base Charlie, nos encontramos en el punto Alfa Eco. Iniciamos reconocimiento del área y elaboramos reporte. Prepárese para recibir reporte en diez minutos, cambio.

—Entendido, grupo Delta —respondió Will, y después de una breve pausa, añadió—: ¿grupo Delta?

—Escucho, base Charlie.

Will sintió un escalofrío recorrerlo por todo el cuerpo y apretó los dientes antes de hablar de nuevo.

—Identifíquese.

Un silencio seco paralizó todo por unos segundos.

—Soldado de tercera línea Robinson. —Will suspiró relajado.

—Entendido, soldado.

—Cambio y fuera. Chchch…

Y la radio quedó en completo silencio.

«Diez minutos. ¡Debo estar listo!», pensó Will, y buscó papel y lápiz para después sentarse a un lado de la radio a esperar. Mientras lo hacía, en su mente empezaban a surgir preguntas que brotaban de la nada:

«¿Qué estoy haciendo? ¿Interferir estas comunicaciones podría tener serias consecuencias? ¿De dónde proviene esta señal? ¿Y si es de fuera del país? ¿Y si son enemigos? ¿Qué pasaría si me descubrieran?».

Tantas preguntas brotaban en su cabeza que no se dio cuenta de que ya habían pasado más de diez minutos: ya eran las doce y quince.

—¿Qué pasó? ¿Por qué no llamaron?

Observó la radio, la cual no reaccionaba. Movió varios de sus componentes, pero no consiguió ninguna respuesta. Parecía completamente averiado, así que decidió esperar un poco más, hasta que se quedó dormido.

A la mañana siguiente, la tormenta se había alejado completamente de esa zona. Después de desayunar, Will montó en su bicicleta un rato por las calles. Al volver a su casa, subió a su cuarto y abrió la ventana para que entrara un poco de aire.

—Chchchc... Base Charlie, ¿me escucha?

Al oír este sonido, Will acudió rápidamente a la radio.

—Aquí base Charlie, adelante.

—Este es el RDO de los primeros minutos de observación.

—¿Soldado Robinson?

—Adelante, base Charlie.

—¿Han pasado más de doce horas?

—Muy gracioso, base Charlie, pero este no es el canal ni mucho menos el momento para hacer bromas. Llevamos diez minutos en el punto de observación Alfa Eco y este es el RDO. Prepárese para recibir, cambio.

«Debe de haber algún tipo de confusión», pensó Will por un momento mientras fruncía el ceño.

—Adelante —respondió Will, y tomó nota de todos los datos que la voz de la radio le dictó. Al llegar la noche, Will bajó al comedor. Después de cenar con su abuelo, mientras este recogía los platos de la mesa, Will sacó la hoja de papel en la que había tomado todas sus notas y empezó a leerlas mientras observaba a su abuelo. Sabía que no sería una buena idea inmiscuirlo en esto, pero que era tal vez la única persona con la experiencia necesaria para poder entender aquellos datos. Así que, como siempre, decidido y directo, tomó el riesgo y preguntó:

—Abuelo, ¿qué es un cuadrante de observación?

—Bueno, podría ser más de una cosa. En mis tiempos, cuando estaba en el ejército, así denominábamos a un área o lugar que estaba bajo vigilancia u observación; posiblemente un área en terreno enemigo.

—¿Y qué es un reporte continuo?

—Bueno, ese también es un término militar. Pero ¿de dónde sacaste estas preguntas?

El abuelo se acercó a Will, quien al principio se mostró inseguro, pero después le mostró sus notas y él las empezó a leer con gran esfuerzo por sus cansados ojos.

—¿De dónde sacaste esto, Will? Son todos términos militares, pero viejos, como de mi época. Posiblemente aún se usen: estas cosas no cambian mucho con el tiempo.

—¡De la radio!

—¿Radio?, ¿cuál radio?

—La radio militar que tenías en el garaje.

—Pensé que esa radio ya no funcionaba.

—¡Funciona, abuelo! Bueno, a veces.

—No puede ser, esa radio es muy vieja, las baterías están totalmente muertas, el sistema está oxidado, y aunque estuviera bueno, uno no simplemente lo prende y empieza a recibir información militar de este tipo. Por supuesto que no. Esto requiere de un proceso que seguir. Además, ¿quién en estos lados del país estaría usando estos códigos en estos tiempos? Son tiempos de paz, Will. Nadie está mandando estas cosas como para que las escucharas.

—No las escuché, abuelo: me las dieron a mí.

—¿Te las dieron a ti? No es posible, Will.

—Entablé comunicación con alguien en la radio y me está dando estos datos.

—¿Me estás jugando una broma, Will?

—¡Claro que no, abuelo! Es verdad.

Su abuelo lo miró seriamente, intentando interrogar algún cambio en sus gestos, pero sabía que no era necesario, ya que Will era un chico diferente a los demás. A pesar de su corta edad, era un chico decidido y sincero que se tomaba todo muy en serio.

—¿Y tienes alguna idea de quién es ese alguien que te dio estos datos?

—Se llama soldado Robinson.

Su abuelo pareció perder el balance al escuchar aquel nombre. Se sujetó de una silla e intentó controlar la respiración. Su mirada se perdió por un instante. Luego tomó de nuevo las notas y, con un esfuerzo aún mayor que el anterior, empezó a leer línea por línea.

No podía creer lo que leía. Su rostro de asombro no se podía ocultar y tomó asiento al sentir que las rodillas lo traicionaban debido a su nivel de alteración.

—Imposible.

—¿Qué es imposible, abuelo?

—Estos códigos. Los conozco.

—Entonces, si los conoces, tal vez me puedas decir lo que significan, en especial el de «tiempo de reporte: dos horas».

—Significa que se reportará de nuevo dentro de dos horas —dijo su abuelo con una voz suave y la mirada perdida.

—¡Ya ha pasado un poco más de dos horas! —dijo Will sorprendido al mirar el reloj de pared. Se levantó exaltado de la mesa y corrió hacia su cuarto. Al entrar, notó cómo en la radio una pequeña luz se extinguía del botón de encendido. Intentó mover todos los botones, pero nada parecía funcionar. Solo había silencio.

Regresó de nuevo al comedor y vio a su abuelo, quien permanecía aún sentado, inmóvil y con la mirada hacia la nada.

—Lo perdí —dijo Will.

—Imposible —susurró su abuelo, que aún empuñaba las notas en las manos.

En ese momento, Will se percató de cómo una pequeña lágrima rodaba por las mejillas de su abuelo. Extrañado, Will dijo:

—Abuelo, dije que lo perdí.

Su abuelo pareció volver en sí al escuchar de nuevo su voz.

—Perdí el reporte de la radio, llegué muy tarde.

—Esto no puede ser cierto, Will.

—Tal vez intenten comunicarse de nuevo, es solo cuestión de esperar.

—No me refiero a eso, me refiero a que es imposible que estés recibiendo estas notas. ¿De dónde sacaste esto, Will? ¿Acaso es una broma de mal gusto?

Esta vez el tono de voz de su abuelo fue más alto, diferente. Parecía estar furioso como nunca antes.

—Ya te dije, abuelo: vienen de la radio. El soldado Robinson me las dio.

—¡No! —gritó el abuelo.

Will se sobresaltó. No recordaba haber visto a su abuelo así de alterado antes, ni siquiera el día de la muerte de su madre. Un silencio partió todo en dos y entonces, por un momento, el abuelo pudo ver en los ojos de su nieto algo parecido al miedo, lo que hizo que volviera en sí.

—No es una broma —dijo Will.

Su abuelo agachó la mirada en un gesto confuso entre vergüenza y tristeza.

—Cuando dije que reconocía estos códigos, no quise decir que simplemente los reconocía. Estos códigos están o estaban dirigidos a mí, y precisamente por la misma persona. Es por eso por lo que te digo que es imposible. Will. Esto pasó ya hace muchos años y no es posible que esté pasando de nuevo.

—Pero está pasando, abuelo, y no es ningún tipo de grabación. Es real. El soldado Robinson habla conmigo, ha respondido a mis preguntas.

—No tiene sentido.

—Entonces conoces al soldado Robinson.

—Soldado de tercera línea Robinson, grupo de observación de los *scouts*: es como los llamábamos.

—Entonces, ¿sí lo conoces, abuelo?

—Lo conocía… —Hizo una breve pausa—. Robinson murió hace más de cuarenta años.

El abuelo esquivó la mirada y Will intentó perseguirla con la suya.

—Es imposible que sea el quien se esté comunicando contigo y no puede ser una grabación; el equipo no funciona así. Pero eso datos y códigos que has recibido son los mismos que recibí yo una vez hace más de cuarenta años.

—¿Estás seguro de que Robinson murió?

—Por supuesto que lo estoy.

—Esto es real, abuelo. Es una comunicación: yo respondo sus preguntas y él responde las mías.

El abuelo miró fijamente a Will. Algo en su interior le decía que él no estaba mintiendo. Will se acercó, se sentó enfrente de su abuelo y preguntó:

—Abuelo, ¿cómo murió Robinson?

Mostrándose más vulnerable de lo normal y sintiendo el peso invisible de los años descansar sobre sus viejos y cansados hombros, dijo:

—Eran otros tiempos. El país era otro país, los hombres eran otros hombres y hasta el viento era otro viento. Era un viento de guerra, eran tiempos de tensión y angustia. Yo formaba parte del centro de operaciones y comunicaciones del ejército. Cuarenta y siete años atrás, para ser preciso. Tan solo era un joven. Mi unidad era la más cercana a la frontera, razón que hacía de ella la más susceptible al contacto enemigo, por lo cual constantemente como estrategia militar se enviaban pequeños grupos de reconocimiento y vigilancia a zonas fronterizas, y en ocasiones a zonas enemigas para tener constante información de los movimientos enemigos. A estos pequeños grupos de reconocimiento los llamábamos *scouts*. Robinson formaba parte de uno de estos grupos. Mi trabajo era algo más sencillo. Yo monitoreaba las radios de comunicación, radios iguales a la que ahora tienes en tu cuarto. Interpretaba toda la información para después pasarla a los altos mandos.

El viejo hombre hizo una pausa y prosiguió con su historia.

—Una tarde monitoreaba las comunicaciones como de costumbre y recibí una trasmisión…

—*Chchch. Grupo de Observación Delta Dos a base Charlie...*

—*Grupo de Observación Delta Dos, este es base Charlie, lo escucho fuerte y claro, adelante.*

—*Reporto salida de relevo del Grupo Delta Cuatro en el punto Alfa Eco.*

Confirme entonces la orden de salida con mis superiores.

—*Adelante, Grupo Delta Dos. Salida autorizada, cambio. Antes de proseguir, identifique el comunicador.*

—*Afirmativo, base Charlie: soldado de tercera línea Robinson.*

Esa fue la primera vez que escuché su nombre.

—*¿Grupo Delta?*

—*Adelante, base Charlie.*

—*Buena suerte.*

—*Gracias, cambio y fuera.*

Hasta ese momento, era tan solo un nombre más, una voz más que aparecía y desaparecía a través de los micrófonos de las radios. Todas las operaciones continuaron como siempre, sin novedad, hasta el día siguiente, cuando recibí un comunicado que nunca quisiera haber recibido.

—*Base Charlie, base Charlie, responda.*

—*Aquí base Charlie, identifíquese.*

—*Grupo Delta Dos, soldado de tercera línea Robinson.*

—*Adelante, grupo Delta.*

—*RDO urgente; repito, RDO. Prioridad.*

Llevábamos muchos meses de tranquilidad, pero la idea de un reporte de emergencia siempre estuvo latente. Yo había entrenado para esto; sin embargo, nunca pensé que llegaría a recibir uno.

—*Adelante con el reporte, grupo Delta.*

—*Movilización de tropas enemigas en dirección este: infantería, vehículos y artillería. Repito: movimiento tropas enemigas dirección este.*

«*¡Santo cielo, imposible!*», *se escuchaban voces en el cuarto de comunicaciones.*

—*Verifiquen el grupo y la localización* —*exclamó el sargento a cargo.*

—*Grupo Delta Dos, este es base Charlie. Responda.*

Esperé uno segundos.

—*Grupo Delta Dos, este es base Charlie. Necesito que confirme el comunicado y la localización.*

Nada.

—*Grupo Delta Dos, ¿me escucha? Verifique su reporte.*

—*¿Qué diablos está pasando?* —*exclamó el sargento.*

Y después hubo un corto silencio.

—*Chchch… Base Charlie, este es el grupo Delta Dos, ¿me escucha?*

—*Aquí base Charlie. Lo escucho, Delta Dos.*

—*Base Charlie, este es el grupo Delta Dos, ¿me escucha?*

—*Lo escucho.*

—*Base Charlie, responda. ¿Me escucha?*

Me giré hacia atrás para ver al sargento.

—*Los puedo escuchar, pero al parecer él no me puede escuchar a mí.*

—*Siga intentando: necesitamos obtener toda la información que sea posible. Mandaré un comunicado al resto del mando.*

—*Chchch… Base Charlie, mi posición ha sido comprometida. Comienzo movimientos evasivos.*

—*Aquí Base Charlie, lo escucho. Movimientos evasivos.*

—*Base Charlie, ¿me escucha? Chchch… ¿Base Charlie?*

Continué intentando comunicarme, pero todo era en vano. Asumimos que el comunicado era real y que tal vez no podíamos entablar comunicación debido a que los soldados se encontraban en una situación comprometedora. Solo recibimos dos comunicados más. En uno de ellos confirmó que dos soldados habían sido dados de baja y en el otro dio de nuevo su nombre y repitió el movimiento de las tropas enemigas, suficiente información y con el tiempo necesario para que nuestras fuerzas de respuesta pudieran reaccionar. La batalla tuvo lugar cerca de la línea fronteriza de nuestro lado y duró tan solo dos días. Hubo algunas bajas de ambos lados, pero fueron mínimas gracias al reporte del grupo Delta Dos. Evitaron que fuéramos invadidos y reveló las intenciones enemigas, lo que repercutió en la preparación de otros frentes.

No fue hasta casi cuatro días después que pudieron encontrar los cuerpos de los tres integrantes del grupo Delta Dos. Los dos primeros, a poca distancia uno del otro, y a tan solo unos metros del punto Alfa Eco. El cuerpo de Robinson fue encontrado a más distancia. Al parecer, intentó regresar a la base para poder alertarnos a todos, tal vez pensando que su comunicado no había sido recibido. Lo encontraron tirado en una zanja abrazado a la radio, aún con la mano derecha en el micrófono y con cuatro disparos en la espalda.

Me sentí impotente e inútil al no poder comunicarme con él. Quise gritarle por el micrófono cuando aún tenía tiempo, pero no lo hice, ni hubiese servido de nada. Cuando vi su cuerpo sin vida junto con los demás cuerpos, sentí la necesidad de correr hacia él y decirle que lo había escuchado; que gracias a él, muchos aún seguíamos con vida; pero no tuve el valor para hacerlo. Pensé que ya era demasiado tarde y que era inútil.

—¿Entonces Robinson nunca supo que tú habías recibido su comunicado?

—¡No! Al parecer, murió sin saber lo valiente que fue.

—Abuelo, ¿tú crees que el soldado Robinson que se está intentando comunicar por la radio es el mismo Robinson que murió hace tantos años?

—No lo sé, Will.

—Pero si Robinson está muerto, entonces, ¿quién se está comunicando por la radio?

—Bueno, lo único seguro es que no solo usa su nombre, sino también los mismos códigos de comunicación de hace cuarenta y siete años.

—Todo concuerda demasiado, pero tú aseguras haber visto su cuerpo entre los demás que murieron. Entonces no queda otra posibilidad que la de que sea el fantasma de Robinson quien se está intentando comunicar.

—No lo sé, Will, pero si así es, tan solo nos queda algo por hacer.

—¿Qué?

Su abuelo guardó silencio mientras pasaba los ojos por los apuntes.

—Tengo que comunicarme con él, tengo que hacerle saber que sí recibí su comunicado hace cuarenta y siete años, y que, gracias a él, se pudieron salvar muchas vidas y evitar muchas cosas. Que gracias a él hoy estoy vivo. Él tiene que saberlo; tal vez así pueda estar en paz.

Esa tarde los dos se pasaron horas juntos sentados en la sala frente a la radio, esperando alguna señal. El padre de Will llegó a la casa al caer la tarde, interrumpiendo la tranquila tertulia que habían logrado llevar los dos y quebrantando la espera pasiva de la que de una manera extraña habían logrado disfrutar. Caminaba arrastrando los pies, tambaleándose de lado a lado y emitiendo un fuerte olor a alcohol. Se detuvo en la sala justo enfrente de los dos.

—¿Qué cosa están haciendo ahí? —dijo con una voz enredada y un tono de mal gusto. Will y su abuelo lo ignoraron y se enfocaron de nuevo en mirar pasivamente a la radio que yacía dormida sobre la mesa.

—Pss, están locos. Todos en esta casa están locos… —dijo en voz alta y tono sarcástico mientras desaparecía por el desván murmurando otras cuantas cosas sin sentido y golpeando en su camino las paredes y tumbando objetos al piso. Will no pudo evitar oír estos sonidos y sentir con ellos una ira interna y un desprecio que traía ya su historia propia. Empuñó fuerte las manos y frunció el ceño mientras escuchaba:

—¡No tiene importancia, Will! —dijo su abuelo mirándolo a los ojos.

Will soltó un suspiro desesperanzado.

—Chchch… ¿Base Charlie? —sonó la radio.

Will saltó en su silla de la impresión y miró a su abuelo.

—Es él —dijo Will.

Su abuelo estaba inmóvil. Un extraño sentimiento recorría todo su cuerpo. Se sentía como en medio de un túnel vacío en donde sonidos hacían eco y la voz de la radio retumbaba con estupor. Quería negar lo innegable; quería sobornar a su conciencia, a su razón, pero no podía: era todo demasiado real.

—Base Charlie, este es el grupo Delta. Responda.

Era él: la misma voz, el mismo tono; hasta parecía ser la misma radio. Habían pasado ya cuarenta y siete años y allí estaba de nuevo aquella voz, como si el tiempo nunca hubiese pasado. Los recuerdos inundaron su mente, las imágenes lo enceguecieron. Se sintió preso entre sí y los recuerdos mientras su pulso galopaba fuertemente.

—Abuelo, ¡es él! ¡Es Robinson! —dijo Will, y después añadió—: debes responder.

El abuelo si apenas pudo mover la cabeza en forma inconclusa: sí, no, tal vez… No sabía qué hacer.

—Abuelo, responde. Eres tú quien debe hacerlo, no yo.

—Chchch… Base Charlie, este es el grupo Delta. Iniciando movimientos de evasión.

Esta vez la voz venía con un tono de desesperación.

—RDO urgente. Repito: RDO. Respondan.

El abuelo tomó el micrófono en las manos y lo empuñó fuertemente.

—Base Charlie, por favor, responda.

La voz venía cargada de cansancio y desolación latente, como si hablara de una soledad milenaria, algo que nunca antes ellos habían escuchado ni sentido en una voz tan cansada como el mismo tiempo. Los labios del abuelo parecían moverse, pero no decían nada.

—¡Responde!

—No puedo…

—Base Charlie, movilización de tropas enemigas. Repito: movilización de tropas enemigas. Respondan.

—Tienes que hacerlo, abuelo.

La radio volvió a caer en profundo silencio.

—No puedo, no soy ni la mitad de valiente de lo que él era.

—Puedes hacerlo, abuelo. Él necesita saberlo; más que necesitarlo, merece saberlo.

La temperatura parecía haber bajado unos cuantos grados y el aire parecía más pesado que antes.

—Chchch… Base Charlie, este es grupo Delta.

—¡Es tu última oportunidad! —dijo Will.

—Grupo Delta… Aquí base Charlie —respondió el abuelo, aunque parecía quebrarse al desprender cada palabra.

—¡Base Charlie! ¡Oh!, gracias al cielo. Tengo un reporte urgente.

—¿Soldado Robinson?

—Sí, soy yo, base Charlie. Soldado de tercera línea Robinson. ¿Es usted el Corporal Thompson?

Al escuchar estas palabras, aquel viejo hombre se vio transportado a otro lugar. En un abrir y cerrar de ojos, se vio en medio de un pequeño bosque, en una zanja de lodo. Llovía, pero la lluvia parecía no mojarlo; tan solo sentía un poco de frío. Entre las ramas y el fango vio a Robinson tirado en el suelo, herido de muerte. Entre las manos, la radio y el micrófono, lo podía ver hablar balbuciendo palabras desesperado. Era así exactamente, como en sus sueños; así como muchas veces antes lo había visto. Después, escuchó su voz, que parecía provenir de todos los lugares a un mismo tiempo.

—Base Charlie, RDO urgente. Movilización de tropas enemigas en dirección este: infantería, vehículos y artillería. Repito: movimiento tropas enemigas dirección este.

Thompson reaccionó.

—Entendido, grupo Delta. Movilización de tropas enemigas.

De repente, se vio de nuevo sentado en la sala de la casa enfrente de la radio.

—Chchch… Base Charlie, mi posición ha sido comprometida. Comienzo movimientos evasivos.

—Entendido, grupo Delta. Iniciando movimientos evasivos. ¿Robinson?

—Quise prevenirlo, avisarle del peligro eminente, pero sabía que no cambiaría nada, que el destino ya estaba trazado.

—Adelante, base Charlie.

—Gracias por el reporte. Es de vital importancia. Estás salvando muchas vidas, incluyendo la mía. Te estaré siempre en deuda.

—De nada, base Charlie. Solo hago mi trabajo.

El abuelo apretó fuertemente el micrófono y Will observó cómo una lágrima bajaba por sus mejillas.

—Lo lamento mucho, Robinson —susurró.

—No sé de qué habla, Thompson. Yo no lamento nada, es todo lo contrario.

Y la radio quedó en silencio.

LA MUERTE DE UN SUPERHÉROE

I

He estado perdido antes muchas veces, quizás más de las necesarias, pero nunca en un lugar como este. Esta cueva es inmensa. Ya ni recuerdo cómo llegué aquí. En la distancia y en la oscuridad puedo oír los horrendos sonidos y pesadas respiraciones de las criaturas que se acercan: monstruos, seres temibles que tendré que enfrentar solo, sin ni siquiera mi arma de rayos galácticos. Este es seguro mi final. De repente, él abrió una puerta sin más anticipación y cruzó la sala; quiero decir, abrió un portal y atravesó la cueva.

—¡Aquí estás, campeón! —dijo con su poderosa voz, como si nada ocurriera.

Me tomó por la espalda y me elevó. Estaba a salvo. Ahora ningún monstruo podría acercarse a mí. Así es Super P: es el mejor, el más fuerte, el mas rápido. Siempre esta ahí para salvarme en los peores momentos de cada aventura y cuando todo parece perdido. A veces viajo en su supercoche o, como yo lo llamo, supernave sideral. En ocasiones, me lleva en los hombros y así puedo volar más rápido que el mismo viento. Super P tiene tantos poderes que aún no los logro conocer todos; es el mejor compañero en cualquier aventura. Él no tiene límites, es invencible y yo algún día seré como él.

Por eso he decidido seguir firmemente sus tres reglas principales: obedecer siempre a la reina, comer todos los vegetales y lavarme los dientes.

II

Ayer Super P ayudó al vecino a reparar su nave sideral y después fue con él a su guarida secreta. Dijo que iba por un par de bebidas. No sé por qué fue allá: en nuestra alacena intergaláctica hay muchas bebidas; algunas de ellas son mis favoritas. Tal vez las bebidas que fue a tomar son especiales y podrían aumentar sus superpoderes. El caso es que esa tarde él no regresó hasta ya muy tarde.

III

Algo extraño pasa con Super P, ya es la tercera vez que llega tarde en los últimos días. Escuché que discutía con la reina sobre algo llamado estrés. No estoy seguro de qué es, pero parece estar afectando a sus superpoderes, y parece ser grave, aunque no hay nada que él no pueda resolver. Después de todo, es Super P.

IV

La situación ha empeorado. Los enfrentamientos y discusiones entre Super P y la reina son más frecuentes, al igual que sus llegadas a deshoras. Hace un par de noches, Super P llegó arrastrándose por el suelo. Yo observaba desde mi centro de comando cósmico. Nunca lo había visto así: espiraba un fuerte olor; parecía débil, como si hubiera perdido sus superpoderes; y no hablaba muy claro. Al verme, se acercó a mí tambaleándose, y con una voz confusa me dijo que yo era el mejor, que era aún mejor que él. Debí sentirme alagado, pero no: me sentí vacío. Parece imposible. No sé qué le pasa a Super P. Él siempre ha sido el mejor, el más fuerte, el más rápido. Algo muy malo pasa. Tal vez esto sea a causa de algún hechizo mágico o un encantamiento. Debo hablar con la reina y averiguar qué sucede con Super P. Pero ella esta furiosa; ha llamado a la abuela varias veces y me ha ordenado quedarme en mi guarida secreta.

Todo va cada vez peor. Hoy Super P ha pasado todo el día acostado en el sillón y no se ha querido levantar. Le pedí que me acompañara a una aventura en el patio de atrás y dijo estar muy cansado. Nunca antes estuvo cansado, y menos cuando se trataba de enfrentarnos a los piratas espaciales. Son unos de los villanos más terribles conocidos en todo la galaxia. Tendré que enfrentarme solo contra ellos y contra sus supercañones láser.

V

Después de usar al máximo mis habilidades de espionaje y un vaso de plástico, pude escuchar a la reina mencionar en varias ocasiones que los cambios que afectan a Super P se deben a algún tipo de droga. Tal vez deba deshacerme de todas las medicinas y drogas que hay en el botiquín de primeros auxilios. Esta puede ser la causa.

Ya tiré todas las drogas, incluyendo el jarabe para la tos que sabe a uva, pero la situación no ha mejorado en nada: las discusiones continúan y oigo gritos desde mi alcoba y me cubro para no oírlos. Además, he escuchado a la reina llorar a solas. La abrazo fuerte, pero no sé qué más hacer.

La otra tarde me dijo que yo debía prometerle que siempre me mantendría alejado de las drogas, pero ella no debe preocuparse: ya las tiré todas por el excusado.

Quisiera un día llegar después de la escuela y ver de nuevo a Super P como era antes, esperándome a la entrada para levantarme con los brazos y sentir de nuevo que puedo volar. El reino entero está en apuros si Super P no vuelve a ser como era antes. La reina dijo que si él no cambiaba, nos iríamos. Espero que sea algo así como unas vacaciones. Tal vez es eso lo que Super P necesita, como la vez que fuimos a las montañas. Extraño las montañas.

La alacena intergaláctica esta casi vacía, ya no hay nada delicioso en ella. Además, hoy en la escuela Francis compartió su sánduche conmigo. Estoy triste: Super P no ha aparecido en dos días.

VI

Super P apareció esta mañana. Quise correr a recibirlo, pero algo me detuvo. Nunca antes lo había visto así: parecía otra persona. Sentí algo que no puede describir, una mezcla de sentimientos entre miedo, tristeza y pena. Nunca olvidaré esta imagen ni la rojez de sus ojos ni el extraño olor que emanaba de él. Discutió con la reina y oí cómo algunas cosas caían al suelo y se rompían en pedazos. Golpes, gritos, voces, quejidos y pasos. Ella irrumpió en mi cuarto con tristeza en la mirada y lágrimas en la cara, se recogió el cabello y me ordenó que empacara mis cosas en una maleta.

Al parecer, nos marcharemos, y no sé adónde, pero no me quiero marchar, este es mi reino, mi mundo, mi universo. Aquí existe todo lo que necesito para vivir y para ser feliz, pero ya no soy tan feliz como lo era antes. La reina no ha parado de llorar y Super P lleva horas sentado afuera en el patio, junto a mi torre de control de naves intergalácticas. También está triste y creo que ha llorado. Quise acercarme a él, pero tuve miedo; ya no sé cómo reaccionará a mi presencia.

VII

Los días han pasado y todo ha cambiado. Llevo muchos días y un cumpleaños viviendo en casa de la abuela. No se parece en nada a mi reino, pero hay mucho espacio en el patio y las aventuras se han tornado cada vez más intensas. He inventado —quiero decir, conocido— nuevos amigos con quienes tener muchas aventuras. Algunas han sido muy peligrosas, como la vez que perseguí las huellas de un dragón de hielo y, al llegar cerca del estanque, encontré una serpiente real. La reina me dijo que me alejara de ese lugar porque las serpientes son peligrosas. Mi abuela cree que ella exagera, pero lo cierto es que la vi con mis propios ojos.

En dos de mis aventuras fui en busca de una pócima mágica que devolvería a Super P a su estado normal, pero no he podido encontrarla. Sin embargo, la seguiré buscando por si él algún día regresa, para que todo sea como era antes. Hace ya mucho que no sé nada de él, y me hace mucha falta, especialmente en las noches. En ocasiones, quisiera llorar, pero no lo hago para que la reina no se ponga triste, pues ahora dormimos en la misma cama.

Escuché que la abuela le dijo a la reina que Super P había vuelto a venir para buscarnos. Tal vez vino cuando yo estaba en la escuela. Al parecer, no quieren que yo me vea con él. Es como si tuvieran una barrera mágica que no lo dejara que se acerque a mí. No debería ser así; quisiera verlo y que estuviera aquí para mi próximo cumpleaños. Él siempre era el más gracioso, el mejor de todas las fiestas.

VIII

Ha pasado el tiempo: los días, los meses, los años y muchos cumpleaños. Ya no lucho con monstruos ni tengo superaventuras. Ahora monto en la bicicleta y juego a videojuegos. Mamá ya no es la reina, es mamá; la abuela es la abuela, pero un poco más vieja y curva; y la casa ya no es un reino, es solo una casa. Estoy creciendo. No siempre hago caso y no siempre me como los vegetales; a veces, los tiro por el drenaje; pero siempre me cepillo los dientes antes de dormir. La realidad se ha estado acomodando en mi vida poco a poco tan suavemente que creo que ni me he dado cuenta. Super P ya no es Super P; es tan solo papá y ya nunca más volvió…

IX

Tuvimos noticias de papá. Al parecer, se encuentra en un centro de rehabilitación. Ya han pasado muchos años desde la última vez que lo vi. La abuela ya murió y ahora mamá ya es abuela, y yo soy... Bueno, intento ser un Super P.

Han aparecido personas muy importantes en mi vida. No sé por qué, pero siento mucha curiosidad de verlo de nuevo. Es como si algo de aquel niño se hubiera quedado en mí; algo incompleto, algo inconcluso. No le guardo rencor, y al ver a mi hijo, pienso que, si estuviera en el lugar de mi padre, me gustaría mucho que él viniera a verme. Así que decidí ir al centro de rehabilitación. Allí estaba: lo reconocí a la distancia. A pesar de tanto tiempo, aún conservaba sus mismos rasgos. Pensé en correr hacia él; pensé en abrazarlo, en gritarle y reclamarle por tantos cumpleaños y aventuras, por la muerte de la abuela, por tantos logros y penas en las que no estuvo presente. Preguntarle por qué me había dejado. Sentía rabia y alegría, esperanza y desilusión. Pero era inútil: ese tiempo ya había pasado y no iba a regresar.

Super P ya había muerto: aquel hombre que estaba allí ya no era ni la mitad de lo que fue. Creo que ni me reconoció y que, al igual que yo, él también perdió mucho de su vida. Salí rápidamente de aquel lugar y un afán repentino invadió todo mi cuerpo. Sentí ganas de correr. Me inundó un sentimiento de amor y nostalgia por aquel pequeño ser que sé que me esperaba en casa, aquel ser para quien yo hoy soy Super P, Super Papá. Una hora me pareció un año lejos de él. Por un momento visualicé todo el dolor que yo le puedo causar y la alegría que también le puedo otorgar y de que era mía la decisión. Sentí la culpa y la responsabilidad. Lo imaginé correr hacia mis brazos al llegar a casa y mis fuerzas se renovaron, mis ganas de luchar por él y por su futuro se acrecentaron. Quiero ser parte de toda su vida.

Los poderes imaginarios con que algún día vestí a mi padre llegaron a mí. Entendí que en nuestra vida todos tendremos a un superhéroe real de quien estar orgullosos y de que, al igual, en algún momento seremos el superhéroe de alguien más.

Espérame, hijo. Super P está en camino...

EL GRAN PROCRASTINADOR

In memory of Samuel Beckett

Un hombre mira hacia la calle y hacia un parque a través de los ventanales del tercer piso de un edificio, levanta la muñeca para mirar la hora en su reloj, sonríe y se da la vuelta para, unos minutos, después salir por la puerta del frontal del edificio en dirección al parque que hace unos minutos él mismo miraba desde la ventana. Era aún temprano y Carlos, quien casi nunca salía temprano del trabajo, debido a que siempre tenía trabajo atrasado, decidió esa tarde hacerlo. Más aún, decidió caminar por entre el bosque siguiendo el camino viejo, ese que ya hace mucho tiempo que no recorría debido a que tomaba un poco más de tiempo de lo normal, y eso era algo en lo que él siempre estaba corto. Sin embargo, ese día Carlos se sentía diferente al caminar por entre el parque. Era algo que desde hacía mucho tiempo quería volver a hacer, pero siempre lo posponía para otro día.

El clima era placentero. La brisa fresca y el ruido de la ciudad parecían adentrarse cada vez más en el parque hasta que, por un momento, solo el canto de los pájaros y el chillido de los grillos era todo lo que Carlos podía escuchar, experimentando entonces una paz que no sentía desde hacía mucho tiempo y una nostalgia que arrastraba el viento, que hacía que reviviera viejos recuerdos y preguntarse por qué no había hecho esto antes.

Aquel tenue hombre continuó su camino absorto entre el panorama y el sentir, sin darse cuenta alguna de que paso a paso se desviaba de su camino. De repente, sintió un gran vacío que recorrió súbitamente su cuerpo y se sintió caer empujado por la gran fuerza de la gravedad. Se sintió resbalar y luego rodar, para al fin detenerse en un abrupto golpe. Instintivamente, levantó la cabeza al recuperar la conciencia de sí mismo. Se vio entonces en el fondo de algo así como un gran pozo, como un inmenso agujero. Desesperado, se puso de pie, se acercó al barranco e intentó subir la pared de tierra y barro, pero era imposible. Insistió inútilmente. Cansado y asustado, se preguntaba: «¿Cómo pudo llegar a ese lugar? ¿Por qué tuvo que recorrer ese estúpido camino?».

Grito una y otra vez fuertemente:

—¡Auxilio! ¡Ayuda!

Se llevó las manos cerca de la boca como para formar un cono, intentando que sus gritos se escucharan más fuertes.

—¡Auxilio! ¡Alguien que me ayude!

Pero todo parecía inútil.

—Nadie te va a oír —respondió una sosegada voz.

Carlos se quedó frío al darse cuenta de que no estaba solo. Miró a su alrededor y no vio a nadie.

—¿Quién anda ahí? —preguntó.

—Es inútil gritar —añadió aquella voz, y esta vez pudo seguir el rastro de donde creyó que podía provenía la voz.

Vio que en uno de los extremos de aquel gran cráter brotaba de entre las paredes de tierra un gran tubo de los que usualmente se usan para el alcantarillado. Era lo suficientemente grande como para que una persona pudiera entrar en él casi completamente erguida. Una vez más sé escucho aquella voz, que esta vez provenía del interior de la tubería.

—Nadie te va a escuchar, ya lo he intentado. Ya nadie camina por aquí.

Intentando disimular su temor, y a media voz Carlos preguntó:

—¿Quién anda ahí?

Del interior del gran tubo se asomó la pálida figura de un hombre delgado y joven con una amable mueca en el rostro.

—Me llamo Gabriel —dijo el tenue hombre.

—¿Qué haces aquí?

—Lo mismo que tú. Caí en este agujero mientras caminaba por el parque.

—¿Hoy?

—No, hace ya varios días.

—¿Cómo es posible que lleves días en este lugar? ¿Acaso no has intentado escapar?

—Sí, pero es inútil, aunque mañana también planeo intentarlo de nuevo. Lo intentaré por la mañana y quizás también lo intente por la tarde; claro está, si el primer intento no funciona. —El sujeto sonrió.

—Pues debe de haber alguna forma de salir. No nos podemos quedar aquí; si nos quedamos, aquí moriremos.

—Tienes mucha razón —dijo el sujeto mientras se rascaba el mentón.

Carlos se acercó a él con sutileza y le preguntó:

—¿Has intentado caminar por dentro de la tubería? Es lo suficientemente grande como para casi caminar erguido en su interior; además, debe de llegar a algún lugar.

—Tienes razón, todos los caminos llegan a algún lugar.

—Bueno, tal vez esta tubería puede llegar a algún desagüe o cerca de un río.

—A un río sería genial. A mí me gustan los ríos.

—A mí también: me tranquilizan.

—Sí.

—¿Y entonces?

—¿Entonces qué?

—¿Lo has intentado?

—¿Que si he intentado llegar a un río o que si he intentado tranquilizarme?

—Ninguna de las dos. Pregunto si has intentado caminar por dentro de la tubería para llegar.

—¿Llegar a un río?

—Adonde sea con tal de salir de aquí.

—¡Oh! Sí, claro que lo he intentado.

—¿Y qué pasó?

—Solo caminé un poco por el interior, pero estaba muy oscuro. Oí muchos ruidos extraños, así que regresé porque pensé que podría ser peligroso y que sería mejor intentarlo en otra oportunidad.

—Entiendo.

Los dos hombres guardaron silencio por un momento casi como si alguien se lo hubiese ordenado.

—Tal vez me merezca estar aquí.

—¿Por qué dices eso?

—Soy un gran procrastinador. Tal vez esta es la forma en la que la vida ha querido darme una lección.

—Todos procrastinamos más de lo que deberíamos. No te sientas mal por eso.

—No, yo siempre he procrastinado, desde que tengo memoria, y eso me ha costado todo.

Pequeñas goteras empezaron a caer del cielo como kamikazes y el día se tornó oscuro.

—¡Parece que va a llover! —dijo Gabriel.

—Tenemos que gritar. Tal vez alguien pase corriendo intentando escapar de la lluvia y nos pueda escuchar.

—Tal vez el ruido de la lluvia haga imposible que alguien nos escuche. Sería mejor adentrarnos en la tubería para escampar de la lluvia e intentar gritar después de que haya parado de llover.

—Está bien —dijo Carlos.

Los dos hombres se instalaron en la boca de la gran tubería; en concreto, en cuclillas, mirando resbalar el agua que se escurría por las paredes de lodo.

—¿A qué te dedicabas antes de caer en este inmundo cráter?

—La verdad, no tenía un empleo.

—O sea, ¿que no tienes empleo? No tener empleo es un gran trabajo.

—Quería buscar uno, pero no lo hice. Lo haré cuando salga de aquí.

—¿Y qué tipo de empleo buscarás?

—No sé, todo lo he dejado siempre para después. Tuve la oportunidad de ser mecánico, carpintero y hasta banquero, pero todo lo dejé para después y ahora estoy aquí, en este agujero y sin empleo.

—Pero saldremos de aquí.

—¿Cuándo?

—No sé, cuando pase la lluvia.

—Mmm…

—Vivo con mi padre.

—Bueno, pues él estará preocupado por ti.

—Tal vez, o tal vez piense que dejé el regresar a casa para después. ¿Y tú a qué te dedicas?

—Trabajo en un edificio cerca de aquí. Soy archivador: reviso números, nombres y fechas hasta que termino o parece que hubiera terminado, y de repente aparecen más números, nombres y más fechas. No sé cómo puede haber tantos números, nombres y fechas.

—¿Alguna vez te has preguntado de dónde vienen todos esos números, nombres y fechas?

—No lo sé, pero si todos provinieran de un solo lugar, no quisiera yo estar allí. ¿Te imaginas cuántos números, nombres y fechas habría allí? ¡Uf!

—¿Y te gusta?

—¿Qué? ¿Los números, los nombres o las fechas?

—¿Tu trabajo te gusta?

—La verdad, no mucho. He querido varias veces cambiarme de departamento, a uno en el que no haya tantos números, nombres y fechas, pero, siempre que lo pienso, lo dejo para después y nunca lo intento. Cuando salga de este cráter, de seguro lo haré.

—Suena bien.

—Sí.

Los dos sujetos continuaron su melancólica tertulia por un par de horas mientras la lluvia continuaba cayendo y la tarde quedaba casi totalmente a oscuras. Cuanto más se daban a conocer el uno con el otro, se daban cuenta de que tenían mucho en común. La lluvia por fin parecía cesar y los dos sujetos se pusieron de pie.

—Sería imposible intentar escalar los muros; ahora están enlodados y escurriendo.

—Será mejor esperar.

—¿Y si nos adentramos más en la tubería? Tal vez lleguemos a algún lugar.

—Tal vez lleguemos a un río; me gustan los ríos.

—Es cierto, ya lo habías dicho antes. Un río suena bien.

—Mira al suelo. El agua corre hacia dentro de la tubería.

—Es cierto.

—Es una buena señal. Tú dijiste que ya lo habías intentado.

—Sí, lo hice.

—¿Y qué tal estuvo?

—Bueno, la verdad, no encontré ningún río.

—¿Qué encontraste?

—Nada, todo estaba muy oscuro. Oí muchos ruidos y pensé mejor en no continuar.

—¿Qué tan lejos pudiste llegar?

—Creo que menos de veinte metros.

—Eso no suena muy mal. ¿Como cuánto sería? ¿Tal vez dieciocho metros?

—Menos.

—¿Dieciséis?

—Menos.

—¿Doce?

—Algo menos.

—¿Diez?

—Aún menos.

—¿Ocho? Debieron de ser unos ocho metros, cuando menos.

—¡Mmm! Creo que fue menos.

—Entonces fueron seis.

—Menos.

—¿Cinco?

—Creo que fueron como unos cuatro metros.

—¡Cuatro metros! Tan solo cuatro metros.

—Mmm…

—¿Y por qué no me dijiste que eran solo unos cuantos metros?

—Te dije que eran menos de veinte.

—Sí, pero cuatro es un número muy bajo.

—Bueno, ¡pero es menos que veinte!

—Lo es —dijo Carlos mientras exhalaba un suspiro de desaliento. Miró hacia el interior de la tubería—. ¿Lo quieres intentar?

—¿Qué?

—Caminar por dentro de la tubería. Pregunto que si lo quieres intentar.

—¿Crees que encontremos un río?

—Es una probabilidad.

—No me parece que sea un buen momento.

—Tienes razón.

Los últimos rayos del sol anunciaban la aurora mientras por las paredes de lodo aún escurría.

—Tengo hambre.

—Yo también.

—¿Cuál es tu comida favorita?

—Toda.

—¡Mmm! La mía es la pasta. Mi madre prepara la mejor pasta del mundo. Ella quiso enseñarme a prepararla, pero nunca tuve tiempo para aprender. Siempre dije que lo haría después, cuando tuviera tiempo.

—Tuve una chica a la que le gustaba cocinar.

—¿Y qué pasó? ¿Acaso ya no le gusta cocinar?

—Sí, creo que aún le gusta, pero ya no es mi chica. Siempre la dejé para después y ahora ella me dejó para siempre.

—¿Intentaste buscarla?

—Sí, después de un tiempo, pero ya era muy tarde.

—¿Cómo lo sabes?

—Porque ya hace más de un año que pasó.

—¿Qué tal si ella aún piensa en ti?

—¿Lo crees?

—No lo sé, podría ser.

—Puede que tengas razón, debería ir a buscarla.

—¿Ya?

—Sí ya, o no. Al salir de aquí, o al día siguiente.

—Así se habla.

Llegó la noche mientras los dos hombres continuaban hablando arrinconados en el interior de la gran tubería. Sus cuerpos, cada vez más cerca, para intentar combatir la brisa fría que se deslizaba por todas lados.

—Quiero salir de aquí.

—Lo haremos mañana a primera hora.

—Sí, es mejor esperar la luz o a que caliente un poco.

Pacientemente los dos hombres afirmaban, reiteraban y fortalecían cada una de sus opiniones. Eran tal para cual, casi como una misma persona conversando con su propio yo.

Gabriel miró hacia el suelo, tomó un puñado de tierra entre las manos y dijo:

—¿Cuánto más he de esperar? Mi vida entera es una espera y en la espera he perdido todo lo mejor que una vez tuve: una linda chica, un trabajo decente, buenos amigos, mi madre y lo que más me duele: perdí a mi padre. Siempre lo dejé para después. A él y a todos.

Apretó con fuerza el puñado de tierra y después lo arrojó hacia el vacío.

—Ya no más. Estoy cansado de esperar, estoy cansado de posponer.

Se puso de pie y salió de dentro de la tubería hacia el centro del cráter, con la posición rígida y las manos empuñadas. Miró hacia todos los rincones desesperadamente, como buscando algo que no sabía qué era, pero que sabía que encontraría.

— ¿Qué vas a hacer? —preguntó Carlos.

—Voy a salir de aquí, y también te voy a sacar a ti.

—¿Cómo?

—Con mis propias manos. No esperaré más a que alguien venga a rescatarme.

—Es imposible escalar los muros: aún están cubiertos de lodo.

—Entonces construiré algo con los escombros que hay aquí, algo así como una escalera. ¡Sí! Eso es: construiremos una escalera entre los dos y la usaremos para ser libres de nuevo.

La falta de luz no fue impedimento para aquellos dos hombres, quienes parecían nunca antes haber sentido tal determinación. Entre la oscuridad y a tientas empezaron a amontonar todos los escombros que habían sido abandonados por la obra de construcción y que podían encontrar. Cuando apenas a lo lejos empezaban a aparecer las primeras señales de luz, los hombres ya habían logrado acumular un abstracto montículo de escombros. Se sentaron junto a él y, entre los dos, comenzaron a ensamblar las partes como mejor podían, trabajando con la diligencia de las hormigas. Parecían estar conectados telepáticamente y como si los dos ya hubiesen memorizado mucho antes los planos de aquel prototipo que ya empezaba a tomar forma.

El sudor rodaba por sus rostros. Al llegar la mañana, estaban cubiertos de lodo y felicidad de sentir que allí en medio de un gran pozo olvidado habían encontrado un ímpetu creador que falsamente los llevaba a sentir como si estuvieran recuperando el tiempo pasado, el tiempo perdido.

De repente, pasos y voces de personas que caminaban por el parque se hicieron perceptibles desde el exterior del gran cráter. Los dos hombres se miraron a los ojos como si cayeran en la cuenta de que la salvación que tanto esperaban estaba a tan solo un grito de distancia. Tan solo tenían que gritar para ser escuchados y esperar para ser rescatados, pero en sus rostros llenos de lodo y alegría se dieron cuenta de que aquella salvación ya no importaba, que ellos mismos debían salvarse de sus propias trampas personales. Sin decirse ni una sola palabra, continuaron en su empresa con el mismo ímpetu con el que la habían iniciado. El orgullo impulsado por un sentimiento de culpa los empujaba. Nunca se habían sentido tan renovados, tan capaces, tan conectados… No dejarían pasar este épico momento de sus vidas con tan solo gritar por ayuda y sentarse a esperar. Ya no había tiempo para esperas.

Culminada la obra simple y compleja, perfecta e imperfecta. Para otros, unos simples escombros pedazos de madera pobremente estructurados y sin garantía alguna; para ellos, una obra maestra que, tras izarse, se vestía con los rayos del sol. La recostaron suavemente contra la pared de lodo; tenía la largura perfecta, y ellos, la sonrisa larga y ancha.

Carlos dijo:

—Lo logramos.

—¡Es perfecta!

—Es más que algo, es más que nuestra salvación: es una señal.

—¡Ah! Como una resolución o un símbolo.

—Exacto. Un símbolo de nuestras capacidades, de nuestro cambio.

—Sí, me siento mejor que nunca.

—Somos seres nuevos, ya no perdemos más el tiempo de nuestras vidas.

—Así se habla, ¡no más esperas! Oh, no, no, no, no. No más.

—No más de dejar las cosas para después; es más, ya no hay más *después*.

—Claro que no. Adiós *después*.

—Recuperaremos todo lo perdido.

—Todo, absolutamente todo, hasta a mi chica.

—¡Hasta a tu chica! Creo que haberte conocido fue lo mejor.

—Lo mismo digo yo. Por favor, te cedo el honor, sube tú primero —dijo Gabriel mientras le hacía una venia a Carlos.

—Oh, no, de ningún modo. Debes hacerlo tú. Tú llevas más tiempo en este lugar, debes de estar más ansioso por salir.

—Lo estoy. Un poco cansado, pero ansioso.

—Sí, yo también tengo los brazos algo doloridos.

—Sí, yo igual, y ni hablar del calor.

—Es cierto, el sol está pegando un poco fuerte.

Los hombres se miraban uno al otro casi instintivamente y miraban a su alrededor, con una presencia demacrada. Estaban sucios y agotados.

—Por fin un medio para salir de este horrible lugar.

—Sí, por fin. Odio este lugar.

—Y el lodo es lo peor.

—Lo es…

—Aunque, cuando está seco, no está mal.

—No, tienes razón, no lo es.

—Después de todo, hemos pasado buenos momentos conociéndonos aquí.

—Tienes razón.

—El sol está pegando fuerte. Creo que no estaría mal sentarse un rato en la sombra.

—Eso sí que suena bien. Después de todo, ya tenemos una forma de salir.

—Correcto, podemos salir cuando queramos.

—Cuando nos plazca.

—¿Por qué no nos sentamos en la tubería y esperamos un rato a que baje el sol?

—Ah, la tubería…

Los hombres sonrieron con nostalgia al mirar la enorme tubería.

—Saldremos más tarde.

—O quizás mañana.

—O quizás mañana.

Made in United States
Orlando, FL
08 April 2024

45579854R00095